みそっかすちびっ子転生王女は死にたくない！2

ルネ
物静かな黒猫族の女の子。
可愛さと戦闘力を
兼ね備えている。
リオネル
常に眠たげな
白虎族の男の子。
かなりのバトルジャンキー。
シルヴィー
チート級の万能スキルを持つ
第四王女であり、本作の主人公。
みんなで平和に生きられる
場所を探している。
Characters

セヴラン
元商人で
ちょっとヘタレな
天狐族の獣人。
リュシアン
元冒険者で
大剣使いの神狼族の青年。
アルベール
シルヴィーが目覚めた
屋敷で呪われていた
超絶美貌のエルフ。

第一章　城出したみそっかす王女、逃亡生活始めました

ガタンゴトンと、年季の入った荷馬車が道の悪い林道を走る。

荷台に乗った私は、離れゆく城と王都から視線をゆっくり外した。


ある日、気がついたら元アラサーの独身女が異世界に転生していました。

しかも小国とはいえ王女の身分で、超セレブなウハウハ生活――ではなく、なぜか家族だけでなく使用人たちからもネグレクトされる、みそっかすちびっ子王女だった。

父親である国王は、私の母以外にも三人の妃がいて、すでに亡くなっていた妾妃《しょうひ》の娘である私は放置。母親は他国の女性だったから私の後ろ盾は誰もおらず、絶体絶命の状態に置かれていた。

でも、前世の記憶が蘇った私は、チート能力の一つ【鑑定】をフル活用して、私を虐げていた使用人たちを全員犯罪者として逮捕させ、いなくなった使用人の代わりに亜人の奴隷をゲットした。

まあ、目覚めた国トゥーロン王国は、人族以外の亜人、獣人やエルフ族やドワーフ族を差別冷遇する非道さで、亜人と見れば罪がなくても奴隷に堕としてしまう、とんでもなく悪い国だったのだ。

王族の端《はし》くれの私も、このままこの国にいては、老人貴族か悪辣貴族への嫁入り、下手をしたら

処刑のお先真っ暗人生しかない。

なので、仲良くなった獣人奴隷と昔から仕えてくれていた腹黒執事を伴って、国外脱出を計画し始めた。

その後、王都で亜人奴隷解放を目指す集団のリーダーである「ミゲルの店」の主人たちと出会ったり、会ったこともない異母兄の誕生日パーティーの招待状に恐れおののいたりしながら、計画を進める私たち。

仲間の亜人奴隷のしがらみをなくすため、王宮にあり普段立ち入ることのできない、奴隷契約の要である契約魔法陣を破壊するため、異母兄の誕生日パーティーに参加したが、まさか、王位を狙う第二王子派がクーデターを起こすなんて……

第一王子派は襲撃され、パーティーはあっという間に血の海となってしまった。

私たちはそのどさくさに紛れ奴隷契約の魔法陣を破壊し、契約が消えて逃げ出す亜人奴隷たちに交じって城を出て、なんとか荷馬車で王都を脱出することができた。

あとは、トゥーロン王国と隣国の間に隔たるピエーニュの森へ馬車を進め、ひたすら国境を目指すだけ。

だけど、その前に居住空間を快適にしたいと思うのは我儘《わがまま》なのかな？

◆◇◆

「とにかく快適に逃げたいのよっ！」

誰にも注目されていなかったみそっかすのちびっ子王女の私ではあるが、もしかしたら王家や腹黒い第二王子派が追手を差し向けるかもしれない。

初めて顔を合わせた異母兄弟との別れで生じた惜別の想いや、悍《おぞ》ましい惨劇への忌避感はまだこの胸にあるけれど、いつまでもうじうじしていられない。

なんたって私の命だけじゃなく、一緒に城出した家族《なかま》の命もかかっているんですもの。

でも今、何をおいても優先して考えなければならないことがある。私たちは、このまま国外脱出を成し遂げるまで、狭くて揺れる荷馬車で移動を続けなければならない状況なのだが——

そんな考えのもとに出た私の唐突な発言に対して、家族の目が「何言ってんだ、こいつ？」みたいなのは、どうして？

「しょのために、スライムの捕獲を要求しましゅ」

キリリと顔を引き締めて宣言する私を見て、家族はさらに困惑顔で見返してくる。そんな家族の視線を浴びて、私はこてんと首を傾げた。

快適な生活、衛生的な生活には、スライムは必須でしょ！

異世界あるあるだけど、スライムのゴミ処理能力とか水をキレイに浄化する能力とか、やっぱり便利よねー。でへへへ、とスライムとの生活を想像して笑いが零れるわ。

「おい、お嬢。気持ち悪い顔で笑って、なに訳のわからないことを言ってんだ？」

まだ王都の屋敷にいたときに仲良くなった亜人奴隷で、気持ちはもう家族の狼獣人のリュシアンがヤバい人を見るような目で私を見てくる。

おっと、いけない。

私はにやけた顔を慌てて引き締めた。

「お嬢様。まずスライムを何に使うつもりですか？」

こちらも気持ちは家族の、私が生まれる前から仕えてくれていた執事で正体不明なエルフ族であるアルベールが、かわいそうな子を見る目で私を見る。

え、なんでよ？

「スライムを従魔にして、ゴミ処理と汚水処理をしようと思って」

これから馬車を改造して創る簡易キッチン、お風呂、トイレ。それらから出る生活排水をそのまま垂れ流しにするわけにはいかんでしょ？

環境のことはもちろん、馬車でどこへ向かうのか追手にバレるし、森の中に棲息する魔獣に襲われるきっかけになるかもしれない。

だ・か・ら、スライムにゴミを食べて処理してもらって、汚水は濾過《ろか》して浄化して綺麗な水に変えてから、川に流そうかなーっと。

そんなことを意気揚々と説明したら、奴隷になるまで冒険者としてあちこち旅していたリュシアンや、エルフ族として長寿を誇る人生経験豊富なアルベールから説明されました。

——そんな奇特なスライムはいない、と。

こっちのスライムちゃん、知能が低くてそもそもテイムできないし、酸で物体を溶解すること自体はできるけど、【浄化】とかでゴミを指定して融かすとかできない残念な魔物だったらしい。

なんだよ、こっちのスライムは雑魚《ざこ》魔物かよっ。

「……わかった。もう、自分のスキルでどうにかしゅる。あちこちに浄化魔道具作って設置しゅるもん」

ぷうっと頬を膨らませて不貞腐《ふてくさ》れていると、家族その三である元亜人奴隷の狐獣人であり、元商人のセヴランが追い打ちをかけてくる。

「あと、シルヴィー様が馬車に施そうとされている空間魔法ですが……。空間魔法で寛《くつろ》ぐとか眠るとか……理解できないのですが……」

「へ？　異空間に部屋を作っていりょいりょと実験したり、休んだりしないの？　空間魔法ってしょういう魔法でしょ？」

これもまた、全員から無言で首を横に振られ否定されてしまった……

え、なんで？

「そもそも、空間魔法とは、これですよね？」

セヴランが腰に括りつけていた革袋を外して、手に持って差し出す。それは、この逃亡用に中の容量を増やし時間の経過を緩やかにした魔法鞄《マジックバッグ》だ。

「生きているものは異空間に入れられない。その大前提がある限り、生きている私たちが入る異空間を作るのは無理だと思いますけど……」

セヴランの指摘に私は、「あ、そーいうことね」とみんなの疑問が何かを把握した。

「大丈夫よ。魔法鞄《マジックバッグ》とは違うもん。空間を広げりゅ魔法と別空間と繋げりゅ魔法は全然違うかりゃ……って、信用してないな！」

不安そうな顔を全員こっちに向けんな！

正直、私もできると確信を持っているわけではない。でも魔法はイメージがすべてであって、私が魔法鞄《マジックバッグ》には生きているものは入れられないと思っているから無理なわけ。

快適空間はもともとの空間を広げるのではなく、別の空間と繋げる感覚だから……そのぅ、たぶん、大丈夫……だと思う。

うん、明日、空間魔法で馬車をリフォームして、実際に見せて納得させよう。

「リュシアン。明日、馬車の荷台も改造したい。荷台に板を張って箱馬車にしたいのよ」

「ああ……いいけど。お嬢、まじで馬車を変えるつもりか？」

「もちりょん」

狼獣人の三角耳をへにょりと垂らして、そんな不安そうな顔をしないでよ。

私は私のためにも、快適な逃亡生活が送れるよう、全力でチート能力を使ってやるわ！

ぐふっ、ぐふふふ、あー笑いが止まらないわ。

「だから、お嬢。気持ち悪い顔で笑うなって」

リュシアン、失礼ね！

「ミゲルの店」を出てから、ひたすらピエーニュの森に沿って馬車を走らせていたけど、日も沈み暗くなってきたから、私たちは馬車を停める。そして、私の【無限収納】の中に入れておいたもので夜食を済ませた。

明日からの馬車のリフォームの役割分担も決まり、食事を終えた私たちは、荷台に雑魚《ざこ》寝で休むことにする。

最初の見張りは、野営にも魔物との戦闘にも慣れてないビビリのセヴランだ。

元冒険者のリュシアンと似非《えせ》執事で元高ランク冒険者のアルベールは馬の世話をしたら、馬車の外で毛布に包まって休むらしい。

私は、家族その四と五である、元亜人奴隷の黒猫獣人で可愛い少女メイドのルネと、幼いくせにスペックが高すぎる伝説の種族白虎《びゃっこ》獣人のリオネルとともに、ゴロンと荷台に寝転んだ瞬間、夢の世界に旅立った。

あ、夜に見張りをしなくても済むように、明日、野営用に防御魔法用の魔道具も作らなきゃ。

あれもこれもと考えることはあるのに、睡魔には抗えず私は瞼《まぶた》を閉じた……おやすみなさい。

◆◇◆

逃亡二日目の朝。いつもより早く目が覚めた私は、まだぐっすり夢の中のルネとリオネルを起こさないように、静かに馬車の荷台から降りた。

なんか、知らない間に見張りのセヴランと馬車の外で寝ていたはずのリュシアンも荷台で寝ていた。

馬車の外では昨日の焚火がかなり小さくなって、燻っている。

その側で、アルベールが本来の麗しいエルフの姿に戻ってお茶を飲んでいた。

「おや、早いですねお嬢様」

「おはよう」

「おはようございます」

私はキチンと朝の挨拶をして、ちょこんとアルベールの隣に座る。

アルベールは何も言わずに、私の分のお茶を淹《い》れて渡してくれた。

「あったかーい」

ふーふーと息を吹いて熱々のお茶を冷ましてから、コクリとひと口飲む。

「ねえ、アルベール」

「はい」

じっと、カップの中で揺れる水面を見つめる。

「無事に、国を出れりゅかな」

カップの中のお茶が揺れるのは、私の手がこれからのことに怯えて震えているからじゃないよね？

「大丈夫ですよ。私だけじゃなく、リュシアンたち獣人がお嬢様を守ります。奴隷の制約が外れた彼らの能力は期待できますよ？」

「うん。でもみんなを連れていくのは私でしょ？　私にできりゅかな……」

もっと綿密に計画を立てて準備をしてから脱出しようと考えていたのに、結局勢いに任せて実行してしまったこの逃避行は成功するのだろうか。

でも、あのまま城に残っていても、悲惨な未来しか見えなかった。

だから、こうするしかなかったんだけど……

「できますよ」

カップを持つ私の手に重なる、アルベールの大きな手の温もりが、怯えた気持ちを温めてくれる。

私はアルベールの優しい笑顔を見て、ホッとした。

「うん。私はできりゅ子！　空間魔法で快適生活ゲットもおちゃのこさいさい！　天才シルヴィーここに見参！」

気持ちを切り替えるように、バッと立ち上がって、右手を天に突き上げる。

「それは……ほどほどにしてください」

私の勢いを見て、アルベールがちょっと引いた笑顔で呟いた。

そんな感じで朝はセンチメンタルな気分にどっぷり浸かっていたけれど、いつまでも悩んではいられない。

他のみんなが起きてきた頃、私はお茶の片付けをするアルベールに質問した。

「アルベール。今、どの辺りにいりゅの？」

「今は、王都領の外れの農作地帯辺りかと。王都領を出るのには、あと一日かかりますね」

んー、早く王都領は抜けてしまいたいが、それよりも住環境は大事です。特に水回りは最優先事項。お風呂に入りたいし、トイレ事情は切実な問題になりつつあるわ。

今日までは我慢するわよ……外でするの……

外でトイレを済ますのも嫌だが、危ないからって誰かと一緒に行くのも恥ずかしい。

だから、今日は住環境を整えるのが最優先でっす！　お昼ご飯を抜いてでも進み続け、野営する場所で住環境を整える作業をしよう。

そして、私のチート魔法を炸裂させるのだ！

「やりゅわよーっ！　空間魔法で快適空間づくりー！」

えいえいおー、と勢いよく私は腕を突き上げる。

それを見たみんなの表情は……ポッカーンだった。

◆◇◆

朝から午後の遅い時間まで、ガタンゴトンとひたすら馬車を走らせて、少し木々が開けた場所で馬車を停めた。

んー、ずっと馬車で移動するのってお尻が痛くなる。異世界の知識で馬車を改造して快適旅行……と行きたいところだけど、あいにく私にそんな知識はない。

ゴムかなにかを車輪と躯体の間に入れてクッションにするのか……？　ううーん、よくわからん。

ま、わからなくても私のチート能力を駆使すれば、なんとかなるでしょ。

さて、ご飯も食べたし、始めますか！　異世界ＤＩＹ・チート能力フル活用バージョン！

「本当にやるのか？　お嬢」

「やりゅわよっ。今日の夜からはベッドで眠れりゅわ！」

リュシアンの不安そうな顔つきは見なかったことにして、私は【無限収納】から手頃な大きさの板を、何枚も出す。この木材、屋敷の屋根裏にいっぱい置いてあったんだよね。改築好きな先住民の方たちからの贈りものとして、ありがたく使わせていただきます！

「あ、あとリュシアン。こーゆーのほちい」

私はリュシアンに、魔獣を狩ってきてほしいと告げる。

欲しいのは魔獣ではなくて、その心臓。

この世界には「魔石」という、お手軽に魔法を行使できるエネルギーみたいなものがある。

魔道具には、私が作ったアクセサリーのような【付与魔法】が施されたものと、魔石を使ったものとがあり、屋敷の水道や灯《あか》りは、この魔石を使った魔道具で作ることができる。

なので、馬車に備える水道、ついでに温水冷水仕様の水道を、屋敷からすべて奪って持ってきていた。

今回は屋敷の備品をフル再利用してリフォームするつもりだ。

馬車で使った水の排水処理は、馬車の下に箱を設置して一旦そこに集める。もちろん、箱は空間魔法で広げておく。溜まりきったら川とかに捨てるけど、捨てるときには綺麗な水にしておかないとね。

では、どうやって綺麗な水にするのかって？

その解決手段が魔獣の心臓なのだ！

この世界では、魔獣の心臓にある方法で手を加えると魔石に変化する。それを火を使う魔道具にセットするなら、火属性の魔力を込めておく。これで、「火魔法の魔石」の魔道具の完成！

なので、馬車に設置する魔道具に使う魔石として、リュシアンに魔獣を狩ってもらって、心臓を取り出してもらう。

その魔獣の心臓を私のチート能力で魔石に変化させたあと、【浄化】の魔力を込めて浄化の魔石にする。それを排水用の箱に入れれば、汚水が浄化されて綺麗な水となり、川に流しても安全、というわけ！

その魔石を、屋敷から持ち出した蛇口にセットすれば、蛇口を捻るだけで綺麗な水が出るし、「火魔法の魔石」にしてコンロにセットすれば、つまみを捻るだけで火が出るのだ。

完璧じゃない？　これ。

「この蛇口にセットできりゅ魔石がほちい。よろちく」

「ああ……、またすごいこと考えるな。その大きさだと、マッドドッグぐらいでいいだろう」

リュシアンがそう言って剣を手に森に入っていこうとすると、ルネとリオネルもぴょこぴょことアヒルのように後ろをついていった。

……ま、大丈夫でしょ。あの二人も強いらしいから。

「お嬢様。その箱はこのぐらいの大きさでよろしいですか？」

「うん。ありがと」

アルベールが両手で持てるぐらいの箱を作って持ってくる。アルベールが作った箱は隙間もなく頑丈な作りで、十分すぎるほどだ。

あとはセヴランに任せてる馬車はどうかしら。箱馬車の形にしてもらうために、荷台に板を張ってもらっていた……のだが。

「おーい、セヴラ……ン？」

「これが、私の精一杯ですっ」

セヴランがちょっとキレながら、こちらを見ている。馬車を見ると、板と板の隙間が開いていたり、斜めに張ってあったりと、どう見ても雨は凌げなさそうだ。

セヴランってば、神経質そうな容貌なわりに、不器用だったんだな……

「……お嬢様、屋根は私が張りましょう」

「お願い」

アルベールの言葉に、私は即座に頷《うなず》いた。


「お嬢！　狩ってきたぞー」

アルベールと一緒に馬車のリフォームに精を出していると、リュシアンたちの声が聞こえた。

その声のするほうに振り向くと、べったりと血が飛び散った防具に、先端からポタポタと血が滴り落ちる剣を握ったリュシアンの姿が視界に入った。

一緒に行動していたルネとリオネルもあちこちに泥と血が付いていて、ハッキリ言って汚い。

それよりも何よりも……二人が肩に担いだり、足を持って引き摺って運んでいたりするのは、狩ってきた魔獣。……死にたてほやほやの……血がドバドバの……

「ぎゃーっ！　スプラッター！」

ひいいっと悲鳴を上げて、私はその惨状を見ないように、セヴランの背中に隠れた。

血がーっ、血がーっ！

私の前世は日本人なの。食べるお肉は加工済みで動物の死体を見る機会はそうそうなかったから、免疫がないのよ！

「どうした？　お嬢」

「私、血はダメなの！　そ、そっちで見えないように解体して、心臓だけ持ってきて！」

私の悲鳴を聞いてリュシアンは口を開けて驚き、ルネとリオネルは困惑するが、苦手なものはしょうがない。世の中には得手不得手というものがあるのだから。

どんなチート能力を持っていても、解体作業だけはできませーん！

「お嬢様、そんな状態で魔獣の心臓に触れるのですか？　魔石は私が作ったほうがよさそうですね」

アルベールは、板張りしていた馬車の屋根からスタッと飛び降りて、リュシアンたちの魔獣解体ショーに交じる。

ううっ、その背中が頼もしすぎるわ。

私は、アルベールがルネとリオネルに解説しながら魔獣を捌《さば》いていくのを、細目で見ることしかできなかった。

ちなみに、あとで聞いたら、セヴランも私と同じ状態だったらしい。

アルベールが解体した魔獣の心臓を魔石にしている間、残りのみんなで車座になって午後のお茶にすることになった。

お茶をしている間、私は木の枝を持って、地面にガリガリと馬車の図を描く。

「何やってんだ？　お嬢」

んーっ、こうかな？　いやいや、こうかもしれない？　と悩みながら描いていると、カップに注いだ紅茶をグビリとあっという間に飲み干したリュシアンが、私が描く図に興味を持ったようで近づいてきた。

「馬車の空間を広げたあと、部屋割りをどうしようかなーと思って、間取り図描いてんの」

ガリガリと木の枝で四角に区切った図をいくつか描く。

「へぇー……って、おいおい！　こんなに広くできるのか？」

リュシアンは私が描く図がどんどん広がるのに驚いて、ズイッと顔を寄せてきた。

できるかって？

できるのよ、だって私、チートだもん！

馬車の出入り口は後方に設けて、入って左側をキッチンとリビングとダイニングにして、廊下を挟んで右側を、各自の個室にする予定です。

個々の部屋の広さはちょっと狭いけど我慢してもらって、四畳半ぐらいで考えている。ルネとリオネルは二人で一部屋だから、六畳にしてあげよう。

異世界なのに広さを畳に換算するのは許してほしい。

そんで、個々の部屋の奥にお風呂とトイレを設置する。

「こんなものかな？」

謙遜しつつ、会心の作にほくそ笑む。

「「「「おおーっ！」」」」

図を描くのに夢中で、気がついたらアルベール以外の全員が、私の描いた間取り図を興味津々で覗《のぞ》きこんでいた。

「お嬢、もしこれができるんだったら、俺の部屋は出入り口に一番近いここにしてくれ」

「ヴィー様、リオネルとこの広い部屋に住んでいいの？　もし、馬車が変えられたらだけど……」

「馬車……広い……むり」

「いや、無理でしょ？　馬車そのものの大きさの何倍に広げるつもりですか？」

最初こそ驚いていたみんなだったけど、だんだん言葉の勢いが弱くなっていくし、セヴランに至っては端《はな》から否定してきた。

やっぱりみんなして私のチート空間魔法の威力を信じてないな！

まぁ、私も実際やるまでできるかどうかは知らんが。

リュシアンの部屋は出入り口の近くで、ルネとリオネルは一番広い部屋でしょ。私のチート能力を否定したセヴランは、鼾《いびき》のうるさいリュシアンの部屋の近くにしてやろう。

「お嬢様。私の部屋は貴方様《あなた》の隣で、ここにしてください。まあ、魔法が成功したらですが……」

「できりゅってば！」

作業を終えて戻ってきたアルベールまで！　なんて信用がないんだ……私のチート能力って。

むぅ、といじけていると、アルベールが悪戯《いたずら》っ子のような笑みを浮かべながら、私の手のひらにポロンと親指くらいの大きさの黒色の石をいくつか乗せてくれた。

「何これ？」

「ご要望どおり魔獣の心臓を魔石化しましたので、あとよろしくお願いします」

へ？　結構大きな魔獣だったから魔石も大きいと思ってたけど、随分小さくなるんだね？

でもこれで快適空間づくりができるってわけね！

よっしゃー！　やったるでー！

私は両手で石を握り、目を閉じた。

『汚いものをどんどん綺麗にして、害のにゃい水ににゃりますように！　【浄化】』

瞼越《まぶた》しに、手から光が漏れているのがわかる。光が収まったと同時に目を開けて、ゆっくりと手を広げると、魔石は透明で中に銀色の帯が舞う不思議な石に変化していた。

「成功かな？」

「そのようですね」

「アルベール、この【浄化】の魔力を込めた魔石を魔道具にセットしてきてちょうだい」

アルベールは快く頷《うなず》いて、さっさとその場から離れる。

さぁ、私は今日の快眠のために、空間魔法を頑張りますか……と思っていたら、急にセヴランが声をかけてきた。

「あ、シルヴィー様。今日の分の晩ご飯を収納から出しておいてください」

「へ？　そんなに空間魔法使うのに時間をかけりゅつもりないんだけど？」

「……いや、もし魔法が失敗したら、シルヴィー様が異空間に閉じこめられちゃうかもしれないし……」

セヴラン、貴様ーっ、私の体の心配よりも、今日の晩ご飯の心配か！

振り返ってセヴランを睨《にら》むと、隣でリュシアンも頷《うなず》いていた。ちっ、うんうん頷《うなず》いてんじゃないわよっ。

私は眉間に皺を寄せながら無言で、シチューの鍋とパン、ショートパスタバシルソースとお肉のガーリックソテーをテーブルに出しておく。

あとは、昨日考えた野営用の【防御】も準備しておくか。

私はルネとリオネルに、防御魔法が込められた石を渡す。設置の仕方を説明して、じゃあ、あとはよろしく。

さて、私は独りぼっちで馬車のリフォームをやりますか、ちくしょう。

私が馬車の近くに立つと、アルベールたち大人三人組は笑顔で私から距離を取る。あいつら、私が失敗したときに巻き添えにならないようにしているな？

キッ、と再び奴らをきつく睨《にら》んでから、私はまず馬車全体を手直しすることにした。

アルベール作の屋根はいい感じだけど、セヴランが担当した箇所は隙間だらけだし、古い馬車だから元の荷台自体にガタがきている。そもそも空間魔法に耐えられるかわからないし、馬車が壊れたことで空間魔法が失敗して、異空間送りなんていうのはごめんだ。

私は馬車の側面に両手を添えて、目を閉じて詠唱を始める。

『空間魔法にも耐えりゃれりゅ頑丈な馬車になあれ。隙間もなく移動もスムーズなサスペンション仕様で、冷暖房完備！【創造《クリエイト》】』

馬車を頑丈に補強するついでに色もイメージする。

林の中を移動するのには迷彩柄がいいんだろうけど、そんな奇抜な馬車は私が嫌だわ。ここは無難なダークブラウンで！

ぐにぐにと張った板が波打つ感覚が手に伝わってくる。

しばらくすると、自分の体から魔力の放出がピタリと止まった。

目を開けると、ボロい荷馬車は大きさは変わらず、艶《つや》のあるダークブラウン色の箱馬車に変わっていた。馭者《ぎょしゃ》席は革張りでクッション性のある座席に変わり、屋根の両側から洒落《しゃれ》たランタンが吊るされている。

馬車の横に出入りする扉はないが、大きな窓がある。

ついでに、馬車の扉に備え付けの折り畳み式の階段を創った。

タラップよりも作りがしっかりした階段にしたのは、まだまだ体が弱々しい私と体の小さいリオネルが転ばないように。

「よしっ！　次はひりょげりゅぞーっ！」

後方の扉を開け馬車の中に四つん這いで乗りこむ私に、三人のダメな大人たちは手を振って応援してくれる。

「「「がんばれ！」」」

心なしか先ほどより声が小さい。ちらっと後ろを見ると、さっきよりも距離が離れていた。

応援するなら近くでしてよっ！

馬車の中は、まだ何もない板張りの空間がただ広がっているだけ。でも、さっきの【創造《クリエイト》】のおかげで古かった床板もしっかりとして、木目も艶々《つやつや》になっている。

さて、とりあえずは馬車の空間を広げよう。

『カウンターキッチン、リビングとダイニング、バスルームにトイレ、各自個室分広くにゃあれ！【空間拡張】！』

馬車全体に私の日本語呪文が響くと次元が歪むような感覚に襲われ、空間が一瞬ぐぐっと縮まってから、膨張していく。

私は体から放出される魔力を惜しむことなく、さらに力を入れて放出スピードを速めた。ちゃんと、さっき描いた間取り図をイメージして、空間を広げているつもり。

左側の寛《くつろ》ぐスペースと個室のスペースとの間の廊下とか、水回りの床は漏水防止加工にするとか。

そうそう土足だからすべての床に防汚機能も付けて、そもそも外から入るときに除菌すればいいんじゃない？　入り口の上にエアシャワー式のクリーン機能も付けよう。

「ぐぐむむぅ」

眉間に皺を寄せて、奥歯をガリリッと噛みしめて、開いた手のひらに放出する魔力を集中させる。

「やあああーっ！」

私が気合いを入れて叫ぶと、勢いよく馬車の空間が弾けて広がる。少ししてそのまま固定される感触がした。怖々と目を開いて広がった空間を確認して、おおーっ、と安心する。

狭かった箱馬車は十分な広さに拡張されており、左右を仕切る壁と廊下がイメージどおりにできている。入り口の上を見てみると、梁《はり》に小さな穴がいくつも開いていて、シュワシュワとエアシャワーが降り注いでいた。

「うん！　満足」

私は馬車の扉から顔をひょっこりと出して、安全地帯から見守っているだけの大人たちに笑顔で手を振ってやった。見なさい、ちゃんと空間魔法は成功したわよ！

さて、今度は内装と設備ですな。

私は広げた馬車の中に戻って、リビングにする予定の場所に【無限収納】からドサドサと荷物を出していく。

「んー、ソファーとテーブルと……クッションもか。あとは、木材と……カーテン」

私の【創造《クリエイト》】は、ゼロから何かを創り出すことはできないので、資材を出しておく必要があるのが面倒くさい。でも木から陶器に変化させたり、土から布へとか物質を変質させるのは可能なんだよねぇ……。前世で習った元素とは一体……

まあ、いいか。難しく考えないでいいし、便利だし。

まずはダイニングとリビングを整えよう。

「テーブルと椅子」

六人掛けのダイニングセットをイメージして、ついでにキッチンも創ろう。

「蛇口と鉄と木材と……」

あらかた必要なものを出したところで、その場に座り両手を床に付けて、目を瞑《つぶ》る。

『キッチンとダイニングとリビングを、イメージどおりに【創造《クリエイト》】』

ぶわあっと体の中の魔力が床に付けた手から放出され、資材を基にあらゆるものを変化させる。

魔力の放出が終わってからゆっくりと目を開けると、イメージどおりにキッチンとダイニング、リビングが出来上がっていた。

「うわああっ！　最高ーっ!!」

キッチンは簡易キッチンなのでシンクは小さいけど、シンク下は引出し式の収納がちゃんとある。

蛇口からは水はもちろん、温水も出るよ！

よし、ここに魔道コンロも設置しよう。この魔道コンロは、もちろん屋敷から無断で持ってきました。バレなきゃ大丈夫。

あと、お菓子とか焼けるようにオーブンも設置しておこう。オーブントースターぐらいの大きさで創ればいいかな？

カウンターキッチンにしたから、大人たちがお酒を呑めるようにスツールも創っておこう。私もお酒呑みたいけど、今は子供だから我慢我慢。

あとでセヴランたちにしまってもらう食器とか調理器具も、【無限収納】から出しておき、ダイニングには、大きめのテーブルと椅子を創る。ここで食事するのが今から楽しみだ。

リビングには、ソファーとローテーブルにクッションをたくさん置いて、寛《くつろ》ぎの空間にする。ここだけ毛足の長いラグを敷いて、靴を脱いで寛《くつろ》げるようにしよう。ラグはふわふわモフモフ仕様で、癒《いや》されるぅー！

リビングに窓を付けたけど、実は外から見る窓の大きさより一回り大きな窓にした。こっちから外の風景は見えるけど、外からは覗《のぞ》けない仕様で、プライバシー保護です。

そこまで創って、ふううう っ、と一息つく。まだまだ終わってないし、どんどん創っていこう！

個人の部屋は、そんなに難しくない。それぞれの部屋の仕切りはすでにできているから、ベッドとか家具を置いて、適当に小物用の木材を出しておく。

「ふふふ。いっぺんに創りゅぞー！」

おりゃーっ！　と再び気合いを入れて、【創造魔法】を発動する。

あっという間に、馬車の出入り口付近からリュシアン、セヴラン、アルベールの部屋ができた。各々《おのおの》ベッドと机と椅子、クローゼットがあって、小さな窓も付けました。

んで、アルベールの隣の私の部屋もだいたい同じ仕様で、作り付けの棚を創る。

一番奥の部屋はルネとリオネルの部屋で、大きめのベッドと机と椅子とクローゼットと勉強道具をしまう本棚をそれぞれに創っておいた。

「あと、問題は……水回り」

日本人が一番気にするといっても過言ではない、お風呂とトイレだ！

お風呂とトイレの仕切りはもう完成しているので、あとは設備と内装だけ。

私は【無限収納】に入っている屋敷から持ってきた資材をポンポンと出していく。蛇口はもちろん、私が作ったシャワーヘッドや陶器製のトイレとか、ガラスの塊とか。ここが一番大事だから、イメージをしっかりと固めていくわよ。

「失敗は許しゃれないわ、やりゅわよ、シルヴィー！」

むむむっと全力で魔力を大放出！　唸れ【創造魔法】よ！

「どおっりゃあぁぁぁぁあっ！」

かなり気合いを入れたせいか、魔力消費が激しかったけど、目に映る仕上がったお風呂とトイレには大満足！　日本にいた頃に使っていた水回りと遜色ない出来映えになった。

ちゃんと脱衣所も創って洗面台もあるし、タオルやトイレットペーパーを【無限収納】から出して、ここはあとでルネとリオネルに片付けてもらおう。

脱衣所のドアは磨《す》りガラス窓にして、表裏にそれぞれ「只今、入浴中！」「入浴可」と書かれた札をドアのフックに引っかける。

脱衣所には脱衣かごと洗濯かごが置いてあり、広い洗面台と壁一面の物入れがある。この洗面台も温水と冷水が出るようにした。

奥にお風呂に繋がるガラス戸がある。お風呂は全体的に、清潔感溢《あふ》れる白色で統一していて、お風呂の壁と床は触ると、ザラザラした水はけのよいものにちゃんとなっている。

バスタブは私が屋敷で使っていた大きいやつだから、大人たちでも狭く感じないだろう。いや、リュシアンはシャワーだけで済ますタイプかもしれないけどね。あとは屋敷から持ってきた石鹸類を置いておく。

これで、馬車のリフォームは完成！

私は鼻歌混じりに馬車から出て、みんなに創った部屋を自慢げにお披露目するのだった。

◆◇◆

「ふぅーっ」

いやあ、いいお湯でした。

私は、馬車を改造して創った自分の部屋のベッドの上に座り、お風呂上がりの体をまったりと休ませていた。

概《おおむ》ね馬車のリフォームは、家族みんなから好評だった。片付けもみんなでやってくれたし、ご飯は美味《おい》しかったし、このまま快適な逃亡生活を送れそうで満足です。

疲れを解した体で気持ちよく眠りの世界へと旅立ちたいが……、その前に考えておきたいことが二つあった。

まず、一つ目。

改めて、私ってば前世のことあんまり覚えてないんだよね。

アラサー独身女子で仕事が忙しくて、コンビニで買い物中に車が突っこんできて死んだ……ぐらいしか思い出せない。

自分の名前も家族のことも、友達のことも、仕事のことも、何も記憶に残っていない。でも前世の常識とか、生活スタイルとか、日常使いしていた細々とした品物とかは、鮮明に思い出せる。

覚えていないことに何の問題があるのか。

それは、この世界が前世の小説の世界とかゲームの世界とかだったら、どうしようってこと。

もしこの世界が物語の中で、重要人物なのにストーリーを思い出せなかったせいで対策が立てられない……とかだったら困るのよねぇ。いわゆる、悪役転生で断罪のパターンは遠慮したい。

私はベッドの上で正座をし「どうかモブキャラでありますように、南無南無」と手を合わせる。

考えておきたいことのもう一つは——

そう考えていたところで、コンコンと部屋のドアをノックする音が聞こえた。

「……だあれ？」

「お嬢様、寝る前にハーブティーでもいかがですか？」

やっぱり来たな、アルベールめ。

私はベッドからぴょんと飛び降り扉を開けると、アルベールと一緒にリビングへと移動した。

さて、アルベールと二人だけで、あの第一王子誕生日パーティーでの出来事について、考察を深めましょうか。

それが私の、最も考えたいことだから。

リビングのソファーに座るのに、モコモコ仕様の室内履きを脱ぎ素足になってラグの柔らかさを堪能する。私のチート能力全開で創ったリビングは、床の色はダークブラウンの床材そのままで、ソファーやラグは薄いベージュ色で統一した。

あちこちに置いてある手ごろなサイズのクッションは色とりどりのパステルカラーにして、魔道具のランプは温かみのあるオレンジ色に灯る。

あー、癒《いや》されるぅ。

「お嬢様、ほんの少しですが焼き菓子もどうぞ」

「ありがと」

寝る前に食べたら太るけど……未だに私の体は痩せすぎなので、アルベールから間食をよく勧められるのだ。

「今日は魔力をだいぶ使いましたから、お疲れではありませんか？」

「ううん、大丈夫。ちょっと眠いぐりゃい」

そうですか、と優しく微笑んでアルベールはお茶を口に運ぶ。今の彼は、見慣れた老執事の姿から本来の麗しいエルフの姿に変わっている。

長い耳さえ誤魔化《ごまか》せば人族と見分けがつかない……いや、美形すぎてバレるかも。

「お嬢様？」

「はっ！　ううん。あのね、あのパーティーのことだけど……、みんな死んじゃったと思う？」

早速、私は本題に入ることにする。

クーデターが起きた、第一王子の誕生日パーティー。私が見たのは、第一王子と第二王女、第一妃とその親族、あとは第三王子とその後見者たちが凶刃《きょうじん》に倒れていたところだ。

思うに、第二王子派が隣国で亜人奴隷売買の主犯であるミュールズ国と繋がっているとしたら、襲撃された第一王子派がミゲルたち亜人奴隷解放の首謀者だと思うんだよねぇ。

トゥーロン王国第一王子の誕生日パーティー当日に行《おこな》われた、王族暗殺事件は奇しくも、トゥーロン王が王太子を指名する直前の凶行だった。

「普通に考えたりゃ、次の王座を狙った第二王子派が第一王子とその派閥を潰したってことだろうけど……」

それは、ちょっとおかしい。

王太子は十中八九、第一王子だった。それを阻止したかったとしても、大勢の貴族たちの前で暗殺するという乱暴な方法じゃなくて、もっとこっそり殺《や》る方法がいくらでもあったと思う。

しかも、第一王子派閥の筆頭、第一妃の生家ジラール公爵共々、弑《しい》してしまうのはいささか悪手ではないかしら。

「そうですね。あの日が第一王子の戴冠式ならまだしも、ただ王太子を指名するだけですからね。立太子式や戴冠式までまだ日にちに余裕はあったでしょう。とすると、至急に邪魔者を排除する必要があったということですかね？」

「それは、たとえば？」

アルベールは、両手を上に向け首を竦める。うーむ、王宮の離れで忘れられていた私たちではわからないことがあったのかもしれない。

「亜人奴隷解放のためミゲルしゃんやイザックしゃんたちに協力していたのが、第一王子派だったっていう線は？」

「それはあると思います。一緒に被害に遭《あ》った第三王子は中立派に属します。もともと、第二妃の生家のノアイユ公爵家は野心などまったくなく、芸術や美術をこよなく愛する一族らしく、早々に第三王子は王位を望まないと書面にして宰相に提出しているらしいですよ。それなのに殺されてしまいましたが。とはいえ、亜人についてはトゥーロン王国民らしく差別意識が高く、奴隷はエルフなどの外見が美しい者を鑑賞用として飼っていたらしいですがね」

エルフ族であるアルベールが苦々しく言い放つ。

「しょうよねぇ。あと、第三王女は拘束しゃれていたけど、第二王女は斬りゃれていたし。今回のことって亜人奴隷解放のことと関係あるのかな？」

イザックさんたちや冒険者ギルドの企みが、第二王子派にバレているなんて、ないよね？

「難しいですね。彼らミゲルたちはミュールズ国に対しては疑いを持っていませんでしたから、うっかりミュールズ国と繋がっている貴族に交渉していたら、その貴族が計画に参加すること自体が彼らに対する罠ですからね。ただ、今回の暗殺を強行する理由にはならないと思いますよ」

私は焼き菓子を一つ手に取り、口に運ぶ。

うむうむ、頭を使うときは甘いものを摂取する！　これ大事。

「でも、彼らに賛同していりゅのが第一王子派だったりゃ、計画の協力者として声をかけりゅのも第一王子派のみじゃないの？」

アルベールは少し考えるように、眉間に皺を寄せた。

「そもそも、亜人奴隷解放を謳《うた》ったのは、イザックたち市民でしょうか？　第一王子派が動き、ミゲルたちを味方にしたとも考えられます」

「なんで亜人奴隷をたくさん抱えこんでいりゅ王家が、わざわざ解放しようって考えりゅの？」

亜人奴隷がいなくなったら、王宮のみんなは不便になるじゃない。亜人奴隷に人族が嫌がるようなキツイ仕事をさせたり、人形のように着飾ってみたり、イライラしたときに暴力振るってたりしてたんじゃないの？

「もしかしたらですが、ミュールズ国との関係を切りたかった……とか？」

「……それは、ミュールズ国が許しゃないと思うけど……」

でも……誰が許さないから殺した？　第二王子派を操った人が、ミュールズ国との暗部を知った聡明な第一王子を……

「たとえば、すべてのトゥーロン王族がミュールズ国との繋がりを知っていりゅわけではないってこと？　もしかして、王は傀儡《かいらい》で、裏で誰かがミュールズ国との密約を行《おこな》っていりゅ？」

「かもしれません。もしかしたら自国とミュールズ国との歪んだ関係に気づき、自分が王になってミュールズ国との関係を正そうと思ったのかもしれませんね」

「王になってから、自分で亜人奴隷を解放しゅればいいんじゃない？」

そっちのほうが、ずっと簡単だと思うわ。ミゲルさんたちとこっそり手を組んで亜人奴隷解放に奔走する必要もないじゃない。

「古い体制を崩し、一から作り直すつもりだったのでは？　そして、第一王子自らが動くなら、お嬢様が果たした奴隷契約の魔法陣の破壊も容易《たやす》いかと」

「ああ、しょの問題もあったよね。ふむ、本来は第一王子主導で行《おこな》われりゅはじゅだった亜人奴隷解放。しょの情報が入ったかりゃ第二王子派は阻止しゅるために動いたのかな？　ミュールズ国との密約を守り続けりゅために」

んんー、でもそうなると最初の問題に戻るんだよねぇ。

なぜ第二王子派は、あのときに行動を起こさなければならなかったのか？

「別の理由があったのかもしれません。急ぎ第一王子派を潰し他の王位継承権を持つ者を排除して、王たちを拘束して、トゥーロン王国の実権を握らなければならない理由が……」

「……うーん、みそっかしゅ王女でひきこもりの私には、わかりゃん。もっとクシー子爵に王族のことを聞いておけばよかったー！」

私は両手で髪をぐしゃぐしゃに掻《か》き乱す。

ネグレクトされていた私が使用人をクビにするときに助力してくれた王族好きのクシー子爵は、親兄弟と面識のない私にあれこれとレクチャーしてくれたのに、聞きながしてたのがここで仇になるなんて……

「仕方ありません。私たちはリュシアンたちの奴隷解放優先で動いたのですから。それに今も追手が来ているかもしれないのですから、戻って子爵に尋ねるという手段は使えません。貴方《あなた》がトゥーロン王国の玉座を欲するのであれば、もちろん助力しますけど……」

「いらん、いらん。そんなもの」

アルベールの申し出に、私はブルブルと首を横に振る。

「とりあえじゅ、亜人奴隷解放に関わっていたのは第一王子派で、私たちが逃亡しゅるのに気を付けりゅのは、第二王子派とミュールズ国と繋がっていりゅ貴族、商人ってとこりょかしら？」

「ええ。まあ、第一王子派だからといって油断はできませんけどね」

アルベールの忠言を聞いて、私はたしかにと深く頷《うなず》いた。

特に私はトゥーロン王族に見つかっても、ミュールズ国に繋がっている誰かに存在を悟られても、待っているのは「死」だ。

うえーっ、死にたくない！

絶対、国を脱出してみせるわ！　みんなで安住の地まで逃げ延びるのよ！

「お嬢様。そんなに気合いを入れておられると興奮して寝付きが悪くなりますよ。もうだいぶ夜も更けました。明日は特別にお寝坊を許しますので、もうお休みくださいませ」

「うん。もう寝りゅ。でも明日は王都領を抜けりゅから、ちゃんと起きて備えておくわ」

カップなどの片付けをアルベールに任せ、私はモコモコスリッパをパタパタさせて自室に戻る。

灯《あか》りを消して、ベッドに入って【身体強化】を解除して、おやすみなさーい。

この目でちゃんと王都を抜けるのを見届けないと、やっぱ安心できないもんね。


しかし、起きたらとっくに王都領を抜けていて、お昼ご飯の時間でした。解《げ》せぬ。

王都を抜けるときは、森の中を移動中といえど、見回りしている衛兵がいるかもしれないと、あれほどビクビクして、いやいや警戒していたというのに、眠りこけていた……だと？

私は、昨日リフォームした快適ダイニングの席につき、うんうんと唸る。そんな私を無視して、わいわいと楽しそうに食事をする家族たちを荒《すさ》んだ眼で眺める。

「お嬢様、食事が冷めますよ。いいじゃないですか、無事に王都領を抜けられたのですから」

アルベールが私の朝食兼昼食を用意してくれる。

「しょう……だけどぉぉぉぉぉぉ」

渋々、カトラリーを手にしてホカホカのオムレツにナイフを入れた。

むうっ、美味《おい》しいわ。

「寝過ごしたシルヴィー様のお気持ちはよくわかりますよ！　私も久々に快眠できましたから。本当に静かな部屋は最高ですぅ」

珍しくセヴランが機嫌よくニコニコしている。

彼が褒める静かな部屋とは、私が各部屋に施した特別防音措置のことかな？

緊急時には音や声は聞こえるようにして、それ以外のときは馬車の外や室内の音は聞こえにくいような仕様にしてみたんだよね。この相変わらず噛み噛みな私のお喋りを直したくて、こっそり発声と早口言葉を練習するための防音だったけど、その恩恵がセヴランにもあったみたい。

私の舌ったらずは【身体強化】を使っても、直らないんだよねぇ。

たぶん、経験値のせいだと思う。【身体強化】を使ってもセヴランが剣術で、アルベールやリュシアン、リオネルに勝てないのと同じ理由で、いくら舌や咥内の筋肉にブーストかけても、使い方が下手だと噛んじゃうんだよね。

で、夜な夜な地道に練習しているんだけど、みんなには内緒で練習しているので、部屋を防音仕様にしたというわけだ。セヴランに対する嫌がらせで鼾《いびき》のうるさいリュシアンの隣の部屋にしてやったのに、意味がなかったか。

「どれだけリュシアンの鼾《いびき》に苦しめられてきたことか……」

「てめえっ！　俺は鼾《いびき》なんかかかないっ！」

「かいてますよっ！　めちゃくちゃかいてますよっ！　安眠妨害ですよっ！　獣人は耳がいいんですよ？　しかも奴隷契約が破棄されて従来の身体能力が戻ってきたんですよ？　その状態で狭い馬車の中で雑魚《ざこ》寝するなんて、どれだけ私が夜を恐怖していたことか！」

目を剥いてセヴランに怒鳴ったら、倍以上の迫力で言い負かされたリュシアンは、ピコピコ動くセヴランの耳を目を見開いて見る。

セヴランはフンッと鼻の穴を広げ、リュシアンを睨《にら》んでいた。

「そうですね。リュシアン、貴方《あなた》の鼾《いびき》は最早嫌がらせの域に達していましたよ」

追撃で、アルベールがズズーッとわざと音を立ててお茶を啜《すす》りながら言う。自分のことしか考えないで付与した防音効果だったけど、結果みんなの安眠に役立ったみたい。

私はそのあと、リュシアンたちの言い争いに加わることなく、黙々とご飯を食べました。

あー、美味《おい》しい。

◆◇◆

今日も高い木々が日差しを遮る森の中、午後のお茶の時間まで馬車をひたすら走らせ、少し開けた場所で馬車を停めた。

「じゃ、行ってくるわ」

「気をちゅけてね」

リュシアンを先頭に、ルネとリオネルはウキウキしながら、セヴランは嫌々ながら森の中へ入っていく。彼らはこれから魔獣を倒す訓練です。

私はアルベールに教えてもらいながら、薬草を調合してポーションづくりに挑戦します！

これから、私たちは目立たないように森の手前、林の中を爆走して国境を目指すけど、その先のことも考えておかないといけない。

つまり……お金が必要なのだ。

いや、魔道具とか売ってたし、アルベールが使用人だったときに貯めたお給料もある。

だけどそれってトゥーロン王国の貨幣であって、世界共通の貨幣ではない。トゥーロン王国を出たら、紙屑同然になるのだ。ガッデーム！

なので、国境を抜けて連合国に入ったら、魔獣の素材などを売って現金収入を得ないと、宿に泊まるお金がないのだ。人目のある場所に馬車で寝泊まりしたら目立つ。そもそもそんなに大きくない馬車で、大人三人と子供三人が生活していたら、どう考えても不自然だし。

だから、今から魔獣を倒して素材の在庫を増やしておこうということで、リュシアンたちは森に狩りに行った、というわけ。

冒険者として活動していたリュシアンとアルベールは、魔獣討伐は実力的に問題なし。

ルネとリオネルの二人は実力はあるけど経験が少ないから、今のうちにリュシアンとアルベールから教えてもらって、馴れてもらう。

問題なのが、血みどろの魔獣の亡骸《なきがら》に悲鳴を上げて、解体作業の手伝いがこれっぽっちもできなかった私とセヴランのポンコツ二人組。

セヴランは強く！　強く！　拒否していたけど、今日から楽しい魔獣討伐に参加です。解体作業にも参加してもらいます。

『もし、不測の事態が起きて私たちがバラバラになったとき、一人でも生きて逃げられるように、特訓しましょう。特にセヴランは魔獣討伐から解体まで、一人でできるようになりましょう』

アルベールが胡散臭い笑顔で告げると、セヴランはガクブルと震えだした。

『な……なぜ……私だけ……』

『そんな世界の終わりのような顔をしてもダメです。これは決定事項です。ちなみに、お嬢様はいざとなったら魔法でどうにでもなりますし、魔道具作りもできますし……何より図太い神経の持ち主なので、大丈夫でしょう』

……もしかして、私ディスられてた？　しかも、みんなが納得してうんうんと頷《うなず》いているのを見て、イラッときたわ。

セヴランが魔獣討伐訓練に参加した経緯を思い出していると、森の中からか細い成人男性の悲鳴が聞こえたような気がした。私がアルベールを見ると、彼は首を竦めて口を開いた。

「大丈夫ですよ。この森の中に出る魔獣は弱いですから。ルネとリオネルでも瞬殺できるほどですよ」

「うん。リュシアンもついてりゅしね。私も攻撃魔法の練習したほうがいいかな？」

「そうですね。お嬢様はその前に、攻撃することに馴れたほうがいいですね」

目を細めてそう言うアルベールを見て、私は視線をずらす。あちゃー、アルベールには見破られているな……

私の前世、平和ボケ呑気な日本人ですから、虫くらいなら殺せるけど、生き物は傷つけたことがない。まず、命あるものに対して攻撃できるかどうか……だよねぇ。

さすがに、自分が死にそうになったら反撃するとは思う……するよね？　できるよね？

「ははは。頑張りましゅ」

「……自分だけでは無理なら、私たちのことを思ってください。貴方《あなた》が傷つけば、私たちが悲しみますから……」

「あー、うん。気を付けりゅ」

アルベールの言葉がちょっと気恥ずかしくて、カチャカチャとわざと音を立てて、私は調合器具を並べていく。

さて閑話休題、ポーションづくりをしましょう。

【無限収納】から採取していた薬草を取り出して、前に作ったポーションをいくつか出して並べていこう。

「しかし……お嬢様の以前作ったポーションですが……、何をどうやったらこんなものができるのですか？」

「あれ？　効能が悪かった？　初めて作ったかりゃなぁ。あっ、作りぇたのが嬉しくてイザックしゃんに数本あげちゃったよ……。ありゃりゃりゃ」

「ありゃりゃ……じゃないですよ。効能が悪いのではなく、良すぎます。なんで初級のポーションの材料で万能薬一歩手前のポーションができるんですか？」

「へ？」

「これ……蘇生や四肢欠損までは無理ですが、欠損部位によっては修復可能ですし、息をして心臓が動いていたらどんな重傷でも、治りますよ」

……え？　なに、それ。まぐれとかじゃなくて？

アルベールからの指摘を受けて、私は作ったポーションを、恐る恐る【鑑定】してみることにした。

［命の水　劣化版］
万能薬「命の水」より効果が薄い命の水
欠損　一部修復可能
怪我　生きていれば全治全快する。体力も回復可能
病気　不治の病以外は治癒可能。さらに先天性の異常も正常化可能
呪い　完全に解呪《かいじゅ》可能

「どうでした？」

「世に出しては、いけないものでちた」

……知らなかったわ。出来の悪いポーションを人に渡すのは罪だが、良すぎるのもダメだってことを！

「どうしよう……、イザックしゃんに渡したポーション……」

「今更戻って返してもらうわけにもいきません。諦めて忘れましょう。彼らもお嬢様のような素人が作ったポーションを早々使うことはないでしょう」

「しょ、しょうよね！　ちゃんと私がアルベールに教わって試しに作ったって言ったもん」

イザックさん、お願い！　できれば使わずに箪笥《たんす》の肥やしにしてください！

「お嬢様。まず調合を覚える前に、その超人的な力をセーブすることから始めませんと、奇跡の調合者として各国から狙われますよ？」

「いやあぁぁあっ！　これ以上死亡フラグはいりゃにゃぁぁーいっ」

私は、ぐすぐす泣きながら、調合器具に魔力減退の付与魔法をかけまくるのだった。

◆◇◆

血の匂い。恐怖に怯える紳士淑女に浴びせられる暴力。死の気配。哄笑《こうしょう》の狂いと無慈悲な刃の舞。

これは一体、何が起きているんだ？

震える体を必死に押し隠し、何人も倒れ重なっている人の山の中から、目立つ金髪の青年の体を適当なテーブルクロスで包む。

一人、天下を取ったかのように喜び舞い上がった罪人は、最大の敵の消失に気づかないだろう。

隠し持ったポーションを、傷口に振りかけただけの応急処置しかできないけど、それでもこの人だけは失うわけにはいかなかった。

どうやって、この大広間の扉から逃げようか……そう逡巡したとき、扉が大きく開かれる。

「大変ですっ。ど、奴隷たちが逃げ出しました！」

凶行に酔っていた愚か者たちが一瞬、静まり返る。

その後の喧噪に紛れて、俺は命より大事な人を背負い、その場から逃げ出した。

街には教会の鐘が鳴り響き、状況のわからない市民が困惑した表情を浮かべて、あちこちで集まってひそひそと話している。

俺はなるべく人目につかないように路地を歩き、目当ての店の裏手に回った。俺の姿は店の屋根裏にいる仲間に捉えられていると思うが、念のため裏戸に真っ直ぐ向かわずに迂回するように進む。

小さく戸を叩くが、誰も応じない。普段ならばすぐに返事があるはずだが、今日は一向に返事がない。

躊躇《ため》ったが緊急を要するので、戸に手をかけ勝手に開けた。この店は俺たち仲間にとっては大事な拠点の一つ、なのに不用心にも扉に鍵がかかってない？

俺は不安に駆られたが、そのまま中に入り、戸を閉め鍵もかけておく。

厨房、店……普段人のいる一階には誰もいない。

俺は上に視線を向ける。上階に気配があるから、住人たちは二階にいるのかもしれない。協力者に早く、あの王宮の大広間で起きた惨劇や、亜人奴隷の契約が破棄されたことを伝えて、何よりも主人の命を助けてもらわなければならない。

傷が深く意識を失ったままの主人を背負い直し、俺は階段を駆け上がった。

二階には店の主人であるミゲル、息子のイザック、この王都の冒険者ギルドのギルマスであるロドリスがいた。皆、俺の姿を見て、座っていた椅子を倒すほどの勢いで立ち上がる。

俺は声を震わせて、何とか言った。

「た……助けてくれっ！　ヴィクトル様が……！」

「ヴィクトル様だと？　おい、ミゲル！」

「ここに殿下を！」

俺はミゲルに示されたソファーに、そっとトゥーロン王国第一王子、ヴィクトル殿下を横たえた。包んでいたテーブルクロスが解け、異母弟であり逆賊ユベールに斬られた傷口が見える痛々しい体を晒した。

白かったテーブルクロスは、血で真っ赤に染まっている。

俺は慌ててポーションの残りを傷口にぶっかけた。

「……っう……」

「殿下！」

今まで意識はなかったが、傷口の痛みで一瞬意識を戻したようだ。生きているのが不思議なほどに酷い傷なのだ。

ぐうっと込み上げてくる悔しい気持ちに耐えられず、俺の目から涙がこぼれる。

「ロドリス！　ギルドから上級ポーションと……誰か治癒魔法できる奴を……」

「ああ。ポーションならここにもあるが……」

ギルドに戻ろうとするギルマスの背中に、イザックが声をかけ止める。

「いや、今、ギルマスがギルドに戻ったら、動きが取れなくなる。これから逃げてくる亜人たちの誘導も必要になる。ギルマスとサブマスが両方ギルドで拘束されると困るぞ」

「なんで……亜人奴隷が解放されたことを……？」

俺はまだ何も話していないのに、なぜイザックがそれを知っているんだ？

訝《いぶか》しげに見ると、イザックは小さく頷《うなず》いた。

「ああ、こっちにも情報は入っている。教えてくれた奴らがいたからな。殿下の誕生日パーティーで何が起きたのかもすべて知っている。だからギルマスとこれからのことを相談していたんだが……」

「だけど……上級ポーションがないと……ヴィクトル様が……」

正直、この傷では上級ポーションでも助からないかもしれない。

ほんの少し延命して……終わりかもしれない。

「んー、試してみるか、あれを」

イザックはそう言うと、側の棚を漁り一つの小瓶を手にして戻ってきた。

「イザック、それは？」

見慣れない小瓶を見て、ギルマスのロドリスが警戒する。

「ああ。ヴィーが魔道具と一緒に持ってきたポーションだ。普通のポーションと比べて色が鮮やかすぎるから、何か違う効能があると思うが……」

イザックは小瓶を手で弄び苦笑していた。

こいつまさか、ヴィクトル様で人体実験するつもりなのか⁉

「お……おい……」

「運命に賭けようぜ！　俺は結構あのガキに期待してんだよっ」

知るか、俺にとっては顔も見たことのない他人だぞ！

しかしそんな俺の叫びを待つ余裕もなく、イザックは瓶の蓋を開けて勢いよく中身をヴィクトル様の体にぶっかけ、残りのポーションをヴィクトル様の口をこじ開けて流しこんだ。

「ぐっ、ああああっ！」

――このあと、俺たちは奇跡を目にすることになる。

◆◇◆

リュシアンたちが森の中で魔獣討伐訓練を始め、私がポーションを作りだした日の夜。

神レベルのポーションを作っていた私と、魔獣討伐と解体をスパルタ教育で叩きこまれたセヴランは、泣きながら晩ご飯を食べていた。

ちなみに今日の晩ご飯は、セヴランが狩って解体した角兎の肉を使った料理です。

魔獣の肉に比べたら多少臭みはあるけど、ハーブで匂いを消して煮込み料理を作る精神的余裕がなかったので、ただ焼きました。ちょっぴり味見したら、肉質は柔らかいし鶏肉より味が濃くて美味《おい》しい。

じゃあ、あとはミモザサラダとペペロンチーノっぽいパスタと果物でいいよね？

ご飯は美味《おい》しかったけれど、若干二名のテンションがドン底のため、食卓の雰囲気は微妙になっていた。

だって、どうしたって初級ポーションより性能が良いものができるんだもん。なんで、良いもの作ってアルベールにため息をつかれなきゃならんのだ！

「しゃて、いつまでも、うじうじちててもしょうがないわ。ちょっとみんな、こりぇを見て」

みんなが晩ご飯を食べ終わったのを見計らって、私はテーブルの上に、トゥーロン王国と周辺の地図を広げた。

みんなが方々から地図を覗《のぞ》きこむ。

「この街道から脇に逸れてピエーニュの森に入って、今日の昼前に王都領を抜けたから……、今はここら辺か？」

リュシアンが指で、私たちが辿ってきた経路をなぞっていく。

「そうですね。このまま真っ直ぐに進むなら、トゥーロン王国と国交がある連合国の一つ、カルージュに辿り着きます」

連合国ロレッタ出身のセヴランが、地図上のカルージュを指で叩いて示した。

私が生まれリュシアンたちと出会ったトゥーロン王国は、ピエーニュの森を挟んで帝国とミュールズ国と接している。帝国はここ数十年皇位争いをしているせいで国交がないから放っておくとして、反対隣にあるミュールズ国は、クーデターのそもそもの悪玉と疑っている。

そしてトゥーロン王国から南に延びる街道を進むと、小国が集った連合国の一つカルージュがあり、その先の国に私たちが目指しているアンティーブ国行きの船が出ているのだ。

「問題は、トゥーロン王国の軍事の要、リシュリュー辺境伯領地を無事に通り抜けられるか……ですね」

アルベールが指し示す場所にはカルージュとトゥーロン王国の国境がある。そこはトゥーロン王国のリシュリュー辺境伯の領地だ。

「んー、このままピエーニュの森を通って、国境の壁をしゅり抜けたいけど……ダメ？」

「「ダメ！」」

大人三人から即行拒否られた……

「お嬢様の能力でしたらそれも可能かもしれませんが、そのあと連合国からアンティーブ国へ移動するときに、密入国がバレたら捕まりますし、捕まった国によってはトゥーロン王国へ強制送還です」

アルベールの眉尻がやや下がるのを見て、私はうぐっと言葉に詰まる。

「しょれは……避けたい」

犯罪者としてトゥーロン王国に戻されたら、嬉々として敵の王族に処刑されるわっ！

「うーん、やっぱりピエーニュの森から街道に戻って、国境を目指したほうがいいな」

リュシアンが腕を組んで隣に座るセヴランに同意を求める。しかしセヴランは眉を顰《ひそ》めたままうーんと唸る。

「国境を目指したほうがいいのはいいんですが、その間、リシュリュー辺境伯の兵に目を付けられないようにしないといけません。目を付けられたら厄介です」

「リシュリュー辺境伯がどの派閥だったのか、調べておけばよかったですね。カルージュの国境も無事に越えられる保証はないですしねぇ」

アルベールがますます眉尻を下げるのを見て、私は思わず「ふふふ」と笑いが漏れた。

「どうした、お嬢？　気持ち悪い顔して？」

「失礼ね！　ふふふ。辺境伯が何派なのか、その人柄すらもわかりゃないけど、カルージュの国境越えには秘策があるわ。これよ！」

私は勢いよく、【無限収納】から小さな革袋を取り出した。

「こ……これは……」

革袋の中を覗《のぞ》いたセヴランの目が、キラリンと光る。さすが、元商人である。

「宝石ですか？」

「しょうよ。屋敷にある目ぼしい宝石は根こしょぎ持ってきたわ！　カルージュがどんな国だがわかりゃなかったけど、トゥーロン王国と国交がありゅなんて碌《ろく》なところじゃないわ。だから、いざというときは賄賂《わいろ》でどうにかなるんじゃないかなって！」

自信満々に言ったものの、一同は沈黙する。あ、ルネとリオネルは難しい話は無理とばかりに、とっくに眠りの国に旅立っていました。

「いや、たしかにあの国であれば、辺境の兵の口を噤ませる最高の手段です」

わーい、賄賂《わいろ》が有効とセヴランからお墨付きもらいましたー。

「そもそも、カルージュっていう国はどんな国だ？」

「中立国です。どの国とも交流を持つことを厭《いと》わない……とは名ばかりの武器商人です」

「え？」

「他にも鉱物を売買していますが、国全体で武器を製造してそれを隣国へ売っているんです。それこそ、ミュールズ国にもトゥーロン王国にも、隣国の帝国にも売っています」

リュシアンとセヴランの会話を聞いていて、私の背中がヒヤッと寒くなった。

リュシアンたち亜人が差別されて辛い目に遭《あ》わないために、獣人王が治めるアンティーブ国に逃亡しようとしていたら、通り過ぎる途中の国が『死の商人』でした。

そ、そんな怪しい国に、身分を隠して潜りこむ私たち……大丈夫なの？　もしものことを想像して、ガクブルが止まらないわ。

そんな私を見て、セヴランはにこりと微笑んだ。

「利点もあるんです。中立国ですから、周辺国のどの国とも行き来が可能です。だからトゥーロン王国から入国もできるし、すぐにトゥーロン王国と敵対している隣国へ出国することもできます」

「隣国……ていうと、連合国でも一番デカイ、この国か？」

リュシアンが示したその国の名はタルニスと書かれていて、トゥーロン王国に隣接しており、反対側の海まで続く広い国土を持っていた。

連合国出身のセヴランはリュシアンに大きく頷《うなず》いてみせた。

「ここは人族が治めているように見せていますが、実際はハーフエルフが治めている国で、国民の半数以上がエルフ族です。トゥーロン王国とは犬猿の仲ですよ。私もトゥーロン王国に忍びこむときに、この国を通りましたけど」

セヴランの説明に補足するアルベールが、そのエルフ族である。エルフ族だからトゥーロン王国に入国するのにタルニスからの侵入が容易《たやす》かったのかな？

「ねぇ、アルベール。しょのルートは今は……？」

「使えませんね。お嬢様は私が同じエルフ族だから融通してくれたと思っているんでしょうが、エルフはそんなに情に厚くはないです。前回は私がそれなりの取引をして叶ったルートですから、残念ながら今回はその手は使えません」

そっか……、じゃあ、今回は手順を踏んで正攻法で行くしかないね。

「いや、お嬢。すでに俺たちは正攻法じゃないぞ？」

うるさいわね、リュシアン！　いいのよ、これはこれ。それはそれ。

「トゥーロン王国からカルージュに入り、すぐにタルニスに移動。タルニスを縦断して、船でアンティーブ国を目指す。下手にあちこちの連合国に寄ると危険が増すと思います」

元商人で連合国出身のセヴランの意見に私も賛成だわ。

基本、私たちが持っている身分証明書は、トゥーロン王国で発行された偽造冒険者ギルドカードのみ。これが有効なのはトゥーロン王国内と、精々カルージュへ入国するときぐらい。

あとは、身分証明書なしに行動しないといけない。

「うーん、リュシアンたちは反対しますが、やっぱり連合国で冒険者登録をしませんか？」

トゥーロン王国からの追手を考えると、カルージュでの冒険者登録は避けたほうがいいけど、他の国だったら問題ないのでは、とセヴランは提案する。

これも何度も話し合ったけど……、絶対安全とは言い難いんだよねぇ。

「たしかに冒険者登録しゅれば身分証明書を確保できりゅけど、アンティーブ国に行くまでは避けたいわ。もし、登録しゅりゅときに私の身分がバレたりゃ、間違いなく強制送還だもん」

ならば、アンティーブ国でバレるのはいいのか……という問題もあるが、単純に距離的な問題である。

連合国でバレたら、トゥーロン王国にすぐに戻される。

でもアンティーブ国なら戻される間に、逃げる時間がある。

ただそれだけ、でもそれがとっても重要！

「俺もお嬢の意見に賛成だ。俺たちが下手に登録しても、トゥーロン王国に奴隷として売られたときに俺たちの情報は把握されているから、探されたら一発でバレる」

リュシアンは元冒険者だから正規の冒険者ギルドに情報が残っているもんね。

「私だけ冒険者登録するという手段もありますが……。ねぇ？」

うーむ、この中でセヴラン一人だけ冒険者ギルドに登録するのも不自然でしょ。そのセヴランも商業ギルドに登録するって手段があるけど、それをすると、セヴランが元いた商会に人物照会される可能性があるので没です。

「やっぱり、冒険者登録はアンティーブ国で。とにかくカルージュかりゃタルニスへ。タルニスでは船に乗って出国できりゅかどうか調査しながりゃ進みましょう」

とにかく、この国から無事に脱出しないことには、カルージュにもタルニスにも行けない。

私たち四人は一度深く頷《うなず》いて、それぞれの部屋へ戻った。

……あっ、リュシアン。熟睡しているルネとリオネルを部屋に運んでおいて！

◆◇◆

しばらくは馬車で移動して、セヴランが魔獣討伐して解体して、私が薬草を調合して、ご飯食べて寝て起きて……を繰り返す日々を過ごした。

逃亡生活にも慣れ、アルベールの魔法講座を受けながら毎日を過ごしていた私たちを戒めるように、それは突然訪れた。

「ルネは【身体強化】は上手ですが、魔力操作が荒いですね。リオネルは出力過多です。もっと抑えて」

「うぐぅ……。アルベールさん、火が……火が……」

「……ちいさくするの、めんどい」

「おいっ！　待て待て！　セヴラン！　お前……俺になんの恨みがあるんだ？　さっきから風刃が俺の急所を狙ってんぞ！」

「ふふふ。恨みかぁ……、そんなの……。ふふふ、あるに決まっているじゃないですか！　喰らえ！　解体の恨み！」

うん。みんな楽しそうで、なによりデス。

さてさて、私はお昼ご飯の用意をしましょう。【無限収納】から、鍋とお皿、野菜とチーズを取り出して、鼻歌混じりに準備していく。

そんな私の顔面スレスレを、バシュッと鋭い音とともに何かが通り過ぎた。

「え？」と音が通り過ぎた方向を見ると、細い木の幹が砕けて、大きな音を立てて倒れていった。

よく見ると、木の幹には風属性の魔法を帯びた矢が刺さっている。

何が起きたの？　と呆然としていた私の体を、アルベールが抱き上げて走る。ルネとリオネルも怖い顔をして、私に寄り添う。

リュシアンは風の矢が飛んできた方角に向けて、剣を抜いて構えた。

「大丈夫ですか、シルヴィー様？　まさか……こんなに早く追手が来るなんて……」

セヴランが真っ青な顔をして、私たちの前に立って両手を広げた。

「私……、攻撃しゃれたの？　……いまのは……私を？」

追手……？

もしかして、今私は命を狙われたの？

第二章　ビビリのみそっかす王女、ヤバい人と出会いました

とうとう恐れていた事態が起きてしまった。

どうせ私なんてみそっかす王女だし、母親の身分が低く王位継承権もあるのかないのかわからない身分だし、みんなが忘れている存在だし……。正直、第二王子派が私の不在に気がついても、放っておくか死んだと思うかの、どっちかだと思っていた。

むしろ私が危惧していたのは、裏でトゥーロン王国を操るミュールズ国の動きだった。

もし、あの王族暗殺の企みがミュールズ国主導の下で行《おこな》われていて、次の王を完全な傀儡《かいらい》にするつもりだったのなら、第二王子派以外の王族の血を引く者の粛清が始まるはず。

私はみそっかす王女とはいえ王様の娘だから、反対勢力に担がれたらミュールズ国にとっては邪魔な存在だろう。

そこまで見越して、追手を差し向けた？

あの混乱と、王家が飼っていた亜人奴隷の解放騒ぎに収拾がついて、各貴族たちに第一王子たちの不在を納得させて？

いや、追手が追いつく時間が早すぎるわ。

でも、でも……、私が狙われた！　ううっ……、うわーん、怖いよーっ！

こんな難しいことをつらつら考えている余裕なんて、本当はないんだよーっ！

「ど、どうしよう……。騎士団が来たの？　しょれともミュールズ国の暗部とか？　はっ！　ましゃか子飼いの冒険者とか？　あーっ、どうしよう、どうしよう」

頭が混乱して、考えが纏《まと》まらない。アルベールにしっかりと抱きかかえられながらも、腕をブンブン振っては頭を抱え、足をジタバタしては、ぎゅっと体を縮こませる。

「こ、殺しゃれりゅぅ。殺しゃれりゅぅ。幽閉？　軟禁？　いいや、殺しゃれりゅっ。私に利用価値はないもの。みそっかす王女でも、危険視しゃれて殺しゃれりゅーっ！」

びえええぇぇん、と子供のように、いや子供だけど、泣き出してしまう。

たとえ命乞いにチート能力を披露しても、危険人物としてサクッと処刑されるか、いいように使い倒されるだけ。

いーやーだー！　そんな人生いーやー！

ブルブルと頭を激しく左右に振ると、涙があちこちに散らばりアルベールの服を濡らした。

「お嬢……。俺が、行く」

リュシアンは剣を構えたまま、私のあまりの取り乱しように驚いている。

「アルベール、俺が魔法を使った奴の方向へ偵察に行く。……戻らなかったら、そのまま俺を置いて逃げろ」

「いいんですか？」

「ああ。俺が適任だろう？　……お嬢、俺はちゃんと護衛の仕事をしてくるぜ」

ニカッと笑ったリュシアンは、繋いでいた馬の手綱《たづな》を取りヒラリと馬に飛び乗った。

「だめよ……、だめ……。リュシアン、見つかったりゃ……殺しゃれりゅ。殺しゃれちゃうのよ！」

「ははは。大丈夫だよ。獣人に一対一で勝つ奴は、そうそういない。しかも俺は高ランク冒険者だったんだぜ。じゃあ、ちょっと行ってくるな！」

リュシアンは手綱《たづな》を引いて馬首をめぐらし、鮮やかに走り去っていく。そんな彼に追いすがろうと手を伸ばすけれど届くことはなかった。

「あーっ、いやいやいやよーっ！　戻ってきてリュシアン！　アルベール、セヴラン、リュシアンを止めて！　ううう……」

しかし私がいくら言ったところで、誰も動かない。

リュシアンを失うかもしれない恐怖を感じて、手で顔を覆い泣き崩れる。私はただ城を出て、国を出て、みんなと安全に暮らせる場所に行きたいだけなのに……、ただ、それだけなのに……

「ガルル」

悲しみと恐怖で俯《うつむ》いていた私の耳に、獣の鳴き声が聞こえる。さらに私の頭に、温かい何かが触れた。なんか、モフモフしててぷにっとしている？

「え……何？」

顔を上げた私が見たのは、唖然としているアルベールとセヴランとルネの姿と、そのルネの腕に抱っこされた——白い子虎。

「は？」

白い毛に黒の縞々模様の子虎は、その太い前足でポンポンと私の頭を撫でており、きゅるるんとしたつぶらな瞳が、私をじっと見つめてた。

子虎だから体は小さいが、太い足が成長後の凛々しい姿を想像させる。

丸い耳、しなやかな尻尾《しっぽ》。

「……リオネル？」

「ガルッ！」

そんないいお返事すること、人の姿のときにはなかったわよね？

人って理不尽が重なると、冷静になるのね。子虎がリオネルだと把握した途端、私の顔がスンってなったわ。

「なんで？」

「リオネル。泣いているヴィー様に戸惑ってウロウロ歩き回っていたら、急に姿が変わっちゃったの」

リオネルの子虎姿がショックだったのか、しゅんと気落ちしたルネが教えてくれた。そりゃあんなに仲がよかった弟分が急に虎になったら、戸惑うわよね。

「あたしも……変身したい……」

いや、ルネの思いは別だったようだ。

「たぶんリオネルは、【獣化】のスキルに目覚めたのでしょうね。今の獣人たちが失ったスキルと言われていますよ。リオネルは【カリスマ】のスキル持ちですから、他の獣人よりスペックは高いですが……まさか、こんなことが……」

アルベールは、自分の目で見ても半信半疑って感じだね。

私は、リオネルの柔らかい体をルネから受け取って抱っこしてみた。

うわわわぁぁっ、柔らかーい！　あったかーい！　ふわふわモコモコ、もふもっふ！　癒《いや》されるーっ！　さっきまで散々「死ぬ」とか「殺される」とか騒いでいたのが嘘みたーい！

アニマルセラピーってすげぇ。

「あっ……お嬢様。お嬢様が作った初期のポーションは破棄したんですよね？」

「うーん、きぼちいいーっ…………え？　ポーション？」

アニマルセラピーに夢中の私に、アルベールが何か言ってきたぞ。

「シルヴィー様の作ったポーションなら、以前のは回収されて新しいのを先日いただきましたが？」

「うん。あたしも」

たしかに、効果が激ヤバなポーションは一旦回収して、そのあと作り直した普通のポーションをセヴランやルネにあげたけど。

「お嬢様……全部回収しましたか？」

「うんと、リュシアンかりゃも回収したし、イザックしゃんたちのは無理だし……」

アルベールは額に手を当てて、深く息を吐いてからとっても低い声で確認してきた。

「リオネルの分は？」

「あー、リオネルは嫌がったかりゃ、新しいポーションあげただけ。でも飲まないように注意したわよ？」

私がそう言うなり、アルベールは子虎の顔に人差し指をズビシと向けた。

「リオネル。貴方《あなた》、飲みましたね？」

つーん、と少しずつ顔を背けていくリオネルの様子が、私にはなぜなんだかわからない。セヴランも首を傾げている。

「あ、ここにポーションの瓶があります！　アルベールさん。リオネルが持っていたの、これかも」

そのとき、ルネがその辺りに落ちていた瓶を拾って、アルベールに差し出す。

リオネルは短い前足をちょいちょいと動かして瓶を取り戻そうとするけど、短い前足では届かずアルベールの手に渡ってしまう。

「……お嬢様。このちょっと残っているポーションを、【鑑定】してみてください」

なんで【鑑定】しなきゃいけないのよ。どうせ［命の水　劣化版］と変わりないでしょ？

そう思いつつ、私は心の中で詠唱する。

「あれ？　あれあれ？」

ほとんどは前回と変わらないけど、『ステータス向上』と『上位スキル取得』って書いてある。

なんか、ポーションの効果が追加されてるんだけどーっ!?

私は子虎の前足の脇に手を入れてちょっとその体を持ち上げ、目と目を合わせてみる。しかしリオネルは、すーっと顔を逸らして私と目を合わせない。こいつ、さては確信犯か？

「リオネルが飲んだのは［命の水　劣化版］で、たまたまその［命の水　劣化版］には【獣化】スキルを目覚めさせる効果があったのでしょう。たぶん」

「ううーん。イザックしゃんに渡したのは、リオネルが飲んだのと同じレベルのポーションだけどな……大丈夫かな？」

アルベールの推測を聞いて、以前イザックさんに渡したポーションの能力に不安を覚えた私が首をこてんと傾げると、リオネルも同じ方向に首を傾げた。

ふわわわっ、かわゆす！

コロンとその場に寝転がして、お腹の柔らかい毛をわしゃわしゃと撫でまわす。

「ゴロロロ。ゴロゴロ」

おおーっ、喉が鳴ってるやないかい！　そーれっ、わしゃわしゃ。

「シルヴィー様。リオネルの獣毛を堪能するのもその辺にして……リオネル、元の姿に戻れますか？」

セヴランが不穏な疑問を口にする。

そりゃスキルで【獣化】したのだから、自分の意志で戻れるでしょ、と思いつつ、私は恐る恐るリオネルに命じてみた。

「リオネル。元の姿に戻って」

「ガル？」

リオネルはノロノロと体を起こして、大きく伸びをしてから……何も変わらない。

「も……もしかして、戻れない……とか？」

私の震えるセリフに、子虎姿のリオネルはコクンとはっきり頷《うなず》いて応えた。

「え？　マジ？」

「ガウッ！」

「ヴィー様。マジって言ってます。リオネル」

……ルネが申し訳なさそうに通訳してくれたけど、そ、そうか……元の姿に戻れないのか。

――え、ちょっと待って。

「え？　ええ？　ルネはリオネルが何を言ってりゅかわかりゅの？」

この子、子虎になってから「ガル」とか「ガウッ！」って吠えてるだけじゃん。

「なんとなく？　気持ちが伝わってきます」

ルネがリオネルの頭を、優しく撫でてあげる。

「セヴランもわかりゅの？」

「……いいえ。虎が吠えてるとか、喉を鳴らしているとかしかわかりません」

隣に立つセヴランを仰ぎ見て、獣人だからといって【獣化】した獣人の言葉がわかるわけじゃないと納得した。

じゃあ、どうしてルネには、リオネルの考えていることがわかるんだろう。ずっと姉弟のように過ごしていたからなのか、それとも「愛」の力とか？

「……猫科だから、ですかね？」

セヴランがリオネルの背中を撫でようとして、ビュッと逃げられた。

「それよりも、リオネルが元の姿に戻れないのが問題では？」

アルベールの冷静な突っ込みに、我に返った。

「あ、しょうだった！」

しかし、そのあと何度か試してもらったけど、リオネルは子虎の姿のままだった。気のせいか、子虎の姿のリオネルは表情が豊かで行動的だけど……まさか理性より本能が勝っているとか？

「は！　皆さん、リュシアンのことお忘れですよ！」

「あ、しょういえば……」

あれからだいぶ時間が過ぎたけど、リュシアンは怪しいところへ偵察に行ったまま、戻ってきていなかった。セヴランに指摘されるまで、彼のことを忘れていたよ、呑気にしている場合じゃなかったんだ。

「も……もしかして……」

「アルベール。私が様子を見に行きます。馬車から馬を外すのを手伝ってください」

「セヴラン……ええ、わかりました。貴方《あなた》は弱いので、遠くから見て戻ってきなさい。気配を消すことは上手ですから、近づかなければなんとか逃げられるでしょう」

「待って！　待って！」

私は【無限収納】から防御石を二つ取り出した。

「こりぇ、一つはセヴランが持っていって、もう一つはリュシアンに渡ちて」

すっかり忘れていたけど、いつも馬車の周りに張っていた防御の魔道具・防御石を持っていれば、持っている人の周りに【防御】を張ることができる。なんなら王都から追手が来ていても、【防御】の中に入っていれば、最悪殺されることはないのにぃ。

なんで防御石の存在を忘れていたんだっ！　私のバカバカ！

今からでも遅くはない！　新しく【防御】を周りに張っておこうっと。

そして、心ゆくまでリオネルをもふろう。もふもふ……ふふふふふ。

そんなことをしている間に、セヴランは馬には乗らずに手綱《たづな》を引いて、慎重に歩いて森を出ていった。


……そして、すぐに戻ってきた。

あれ？　なんで？

「大変です、皆さんも一緒に来てくださいっ！　あ、馬車で移動しますよ」

小走りで戻ってきたセヴランは、馬を馬車に繋いで馭者《ぎょしゃ》席に座る。

「セヴラン、リュシアンはどうしたんですか？　それと攻撃魔法の使い手は？」

「その件は問題はないです。リュシアンも無事です。ただ……」

アルベールが馬車を動かそうとするセヴランの手を止めて質問攻めにすると、セヴランがリュシアンから聞いた話を教えてくれた。

「あのお嬢様を襲った風魔法は、魔獣に襲われた人の【防御】の魔道具が誤射されたもの……ですか？」

「そうです。その人は魔獣――といってもクレイジーラットですけど、それに襲われると思ってパニック状態になり魔道具を作動させたのですが……焦って明後日の方向に連射したらしいですよ」

セヴランの話を聞いて、被害者の私は眉を顰《ひそ》め、アルベールは珍しく呆然とした表情でセヴランをジロジロ見つめた。

「……じゃあ魔獣はどうしましたか？　そもそもクレイジーラットごときの極弱魔獣に【防御】の魔道具って、大袈裟《おおげさ》じゃないですか？」

「魔獣はリュシアンがすべて倒しました。その……その人はクレイジーラットに攻撃されて軽傷を負いました」

「ええっ⁉」

話を聞いていたアルベールも驚いたが、私たちもびっくりしてしまった。

クレイジーラットって、私でも棒で叩いて勝てちゃうぐらいすごく弱いのよ。なのに、その魔獣に襲われて軽傷を負った、だと？

ちなみに私は、セヴランたちの話を聞きながら馬車を加工している。予定よりも早い街道デビューなので、馬車を目立たないように偽造しているのだ。できればもう一日ぐらいは森の中をこっそりと移動したかったけど、緊急事態だし、しょうがないわ。

これからは、人とすれ違う街道を走らなければならないので、私が魔法で頑丈かつ綺麗な箱車にした馬車を、セヴランが板張りしたようなみすぼらしい状態に見えるように施した。さらに、空間拡張した内部を見られないように扉に加工して、拡張前の状態と拡張後の状態とを切り替えられるようにしている。

「……それで、その人、一人でここまで来ていたみたいで……」

「別に魔獣がもう倒されているなら、適当なところで別れて戻ってくればよかったのでは？」

アルベールの眉間に不機嫌そうな深い皺が刻まれる。しかしセヴランは眉尻を下げて首を横に振った。

「……それがその人、魔獣を見るなり気を失ってしまって……」

「はあっ？　そんなに弱い魔獣を倒せもしないのに一人で森に近づいたのですか？」

「……その人……ていうか、まだ子供ですよ。十歳ぐらいの……女の子です」

……ああ……面倒事のような気がする……

セヴランの話を聞いて、私の眉間にも深く皺が刻まれるのだった。

◆◇◆

女の子を保護したリュシアンのところまで移動するため、私たちは馬車に乗りこむ。馭者《ぎょしゃ》席にセヴランとアルベールが座り、子供組は粗末になった荷台へ乗る。

馬車の偽造も突貫で大変だったが、一番困ったのはリオネルのことだった。

子虎姿のリオネルって、人に見せても大丈夫？

「……まんま白虎ですからねぇ……。お嬢様の魔道具で、普通の虎か猫に姿を変えられないのですか？」

「ダメだった。リオネルの魔力が強いのかな？　魔道具の効果が出ない」

姿を変える魔道具も試してみたが、【獣化】したリオネルの姿を変えるどころか、毛の色を変えることさえできなかった。しまいにはリオネルは、首輪タイプの即席魔道具を後ろ足でかしかしと掻《か》いて、ベルト部分を切って壊してしまった！

ルネの通訳によると、リオネルが「邪魔！」と不機嫌だったとのこと。

「しょうがないですね。リオネルはずっと馬車の中でお留守番ということで……、痛い痛い！」

セヴランの提案が気に食わなかったのか、カジカジとセヴランの足を噛んで不服だと訴えるリオネル。痛そう。

「……うーん、とはいえ、馬車に残しゅのも怖い。リオネルは猫……でゴリ押ししゅりゅ！」

言った者勝ちである！　自信をもって言い切ればいいのである！

「無理が通りぇば道理が引っこむ！　でいこう。みんなも、それでいい？」

「言葉の使い方が違いますよ」

アルベール、うるさいっ！


「この子……誰？」

馬車で目的のところに着いた私たち。

馬車から降りた私、ルネ、ルネに抱かれた子虎のリオネルは、揃って首を傾げた。

「それは俺のセリフだろうが！　この猫は何だ？　まさかリオネルじゃねえよな？　お嬢、俺たちは猫を拾っている場合じゃ……イテーッ！」

合流したリュシアンが眉間に皺を寄せてリオネルをじっと見つめていると、ルネの腕からぴょんと飛びぬけたリオネルが、リュシアンの腕にガブッと噛みついた。

あ、さっきのセヴランのときと違って、ちゃんと歯を立ててますね？

「そのましゃかのリオネルよ。しょれより……どうしゅんの？　この子」

リオネルと楽しそうに戯れているリュシアンに、改めて問う。

セヴランの話を聞いて想像していたのは、近くの町の女の子が興味本位で森に来たら魔獣と出会っちゃった……的なストーリー。

でも、気を失って草の上に四肢を投げ出しているのは、平民とは言い難いほど身なりのよい、ルネぐらいの大きさの女の子だ。

よくてお金持ちの訳アリの子。最悪は貴族の子女……じゃないの？

「あー、お嬢様は運が悪いですね……。この子の鞄に刺繍《ししゅう》されている紋章はリシュリュー辺境伯の紋章です。……つまりリシュリュー辺境伯の関係者ですね……」

ポンと私の肩に手を置いて、アルベールは哀れむように私に告げる。あんたたちと私は運命共同体だから、あんたも運が悪いことになりますけどーっ！

出会ってしまったからにはしょうがないので、気を失っている女の子をリュシアンたちが丁重に馬車の中へ運ぶ。

「これ、荷台に乗せたら不敬罪ですかね？」

「あ？　他にどうすんだよっ」

「駆者席《ぎょしゃ》のほうが、快適なのでは？」

セヴランとリュシアンが無言で見つめ合う。実は荷台こそ元の箱馬車のクオリティに戻したけれど、駆者席《ぎょしゃ》は快適仕様のままなのです。だって、馬車に乗っているとお尻痛いんだもん。

とにかく駆者席《ぎょしゃ》でも荷台でもどちらでもいいから、早く女の子を保護して、近くの村だか町だかに移動して、しかるべきところに預けて馬車で素早く去ることにした。

リュシアンが仕留めたクレイジーラット数匹を、とりあえず【無限収納】に入れて、地図を広げる。

「アルベール。今どこりゃ辺？」

「うーん、そうですねぇ。ここら辺だと嬉しいのですが……たぶんここでしょうね」

アルベールが示したのは、やっとリシュリュー辺境伯の領地に入るかどうかの境目辺り。

厄介な領地のいくらかを森の中で過ごすはずが、丸々街道を使って馬車移動する羽目になったのか……

とりあえず、これから人の目に触れることもあるだろうから、私たちは少し見た目を変えることにしました。

リュシアンとルネは冒険者として護衛している設定なので、ほぼそのままでＯＫでしょう。

セヴランは商人の設定で、防具などを外した服装で剣は帯剣せず、鞭《むち》だけを魔法鞄《マジックバッグ》に忍ばせている。

アルベールはこの集団の主で、やや綺麗な恰好を意識して、いくつかの装飾品を身に着けてもらった。

私はアルベールの娘となり、ワンピースに着替え、金色の瞳は目立つので、魔道具で誤魔化《ごまか》す。

そう、姿変えブローチ型魔道具を応用して、私の瞳の色が金色から茶色に見えるようになっているのだ、わははは。

んで、アルベールは私の父役だから、麗しい金髪は茶髪に、宝玉のような緑色の瞳も平凡な茶色に魔道具で変えています。

あとは、子虎姿のリオネル……は結局変えるのは難しかった。頼むから大人しくしていてくれ。

「いざとなったら、俺が止めるから、安心しろ」

「……うん……」

リュシアンがいい笑顔で請け負ってくれたけど、なんでだろう、あんたとリオネルのコンビが一番怖い気がする。

馬車には私の【重量軽減】魔法がかけてあるから、引くのは馬一頭で十分だけど、人目があるから二頭にしようということで、もう一頭も馬車に繋いで、リュシアンは荷台の後ろに陣取ることになった。駅者席《ぎょしゃ》にはセヴランと例の気絶した女の子を毛布で包んで乗せて、荷台には私とアルベールとルネと子虎が乗りましょう。

「じゃあ、行きましょう。できれば彼女が目覚める前に、別の場所で保護してもらいたいですね」

「しょうだね。一番近い村に行こう」

私とアルベールで向かう先を決めたら、ガタンッと大きく馬車が揺れて動き出した。

ガタンゴトンと馬車は進む。オンボロ馬車だから外から見ればとっても揺れていることでしょう。

「ヴィー様……、この馬車、全然揺れないよ？」

「……」

ルネと子虎の穢れなき視線に心がチクチクするけど、知りません。

快適な馬車の移動だけは、譲れないのです！　お尻は死守します！


外から見れば板の隙間が激しい草臥《くたび》れた馬車の荷台……実際は快適空間のリビングでアルベールと二人、地図とにらめっこしています。私とアルベールは作戦会議中です。

ソファーに足を組んで座り優雅に紅茶を口に運ぶアルベールと、ラグの上に横座りしてお菓子を摘《つま》む私。二人の前にあるのはこれまで何度も眺めたトゥーロン王国の地図だ。

「この村であの子を保護してもりゃって、こっちの道を通りゅ？　しょれとも、森に戻りゅ？」

私がこれからの行程を地図の上、指で辿ってみせるとアルベールが緩く頭を横に振る。

「いいえ。森に入るのを人に見られたら疑われますからね。このまま街道を通り国境を目指しましょう。村では、あの少女がリシュリュー辺境伯の身内だとは告げずに、知らんぷりで離れるのが得策です」

ふーむ、と私は顎に手をやる。

あの子のことは【鑑定】済みなのだ。紋章が刺繍《ししゅう》された鞄を持っていても、辺境伯の家族とは限らない……とわずかな希望を持って見たあの子の【鑑定】結果は、リシュリュー辺境伯の三男の長女でした。

「辺境伯の孫娘か……。いりょいりょと謎だけど、なんであんな場所に一人でいたんだろうね？」

「そういうところですよ！　変に首を突っこまないでください。私たちは通りすがりの善人でいいんです」

アルベールがグワッと厳《いか》めしい顔で注意してくるけど……だって気になるじゃない。

あの子の持っていた紋章入りの鞄は魔法鞄《マジックバッグ》だったし、着ているワンピースの生地もレース飾りも一級品だし、髪飾りや耳飾りは小さくても宝石が使われていた。

貴族子女として相応《ふさわ》しい身なりをしていて、護衛も付けずに一人で行動して、森に向かう途中で魔獣に襲われるって、どういう事情なのよ？

「ほらほら、おでこに皺が」

「癖なのよっ」

「今までは、もっさり前髪で皺なんて見えませんでしたからね」

ククッと意地悪そうに笑うアルベールを無視して、私は自分の両手で眉間を撫で擦りながら、馭《ぎょ》者《しゃ》席へ目を向ける。

「辺境伯自身と関わりゅよりは、マシよね？」

孫娘を助けたからとリシュリュー辺境伯と対面するなんて、悲惨な状況だけは勘弁してほしい。

リシュリュー辺境伯家の者が、トゥーロン王国第四王女である私の存在を覚えているかどうかは不明だが、貴族の中にはクシー子爵のような王族スキーもいるからな。

「どうでしょうね？　いっそ辺境伯自身と向き合うほうが、楽だったかもしれませんよ？」

「なんで？」

「んー、私もトゥーロン王国の貴族には詳しくないのですが、辺境伯という役目に合った方で、武人そのものであれば、いかようにも言葉で翻弄できましょう」

あーなるほど、もし、辺境伯が脳筋なら、狡いアルベールの敵じゃないもん。

「しかし、交渉事に長《た》けた狡猾な方が矢面に立ったら……面倒なことになりますね」

「うっ、うーん。街道を旅しゅれば、いくつかの街を通らなきゃいけないもんね。人と会って話しゅ機会も増えりゅから、気を付けておかないと」

「そうです。街を通るならば、場合によっては宿を取って留まることもありますしね。注意しなければいけないのは、この辺りの地域ブルエンヌを治める実力者たちです」

ん、他領とこのリシュリュー辺境伯の領地の境目にある、ブルエンヌ地方を治める実力者たちの何に注意するの？

私が話をほとんどわかっていないのに気がついたのか、アルベールは地図に視線を落とした。

「リシュリュー辺境伯の周りには武人が多いでしょう。だからといって全員、頭仕事が苦手なわけじゃないと思います。特にここは。他領と接するブルエンヌ地方は、国境沿いを守る兵士とは別の意味で、守りを固める兵士が必要な場所ですから」

「何に対して？」

「王国内部ですよ。国境は武力で守ればいいですが、王国内の貴族とのやりとりや、怪しい商会との取引、王家からの無理難題とかもありそうですしね。そういった厄介事を持ってきた連中を、ここ、ブルエンヌで篩《ふるい》にかけるのです」

「なんで？　別にここでなくても、辺境伯の屋敷でしゅればいいじゃん」

「普通、辺境伯の厳しい目は国外に向けられているべきで、国内に向けるものではないのです。ただでさえ、王国軍に匹敵する戦力を有するのですから。下手に辺境伯が対応したら反逆を疑われるだけですよ。だから、いわゆる玄関口で厄介な輩《やから》にはお引き取りいただくのです。それも、やんわりと」

「だかりゃ、狡猾な人物で交渉事に長《た》けた人がいるのね……」

そんな危ない人には、近づきたくない。こちとら探られたらボロボロとボロが出まくる、脛《すね》に疵《きず》持つ身なのだ！

ふむ。ではあの子をどこかに預けられたら、私たちはすたこらさっさと逃げよう。せめて、ブルエンヌ地方を抜けるまでは休みなく馬車を爆走させよう！

密かに拳を握ってそう決意していた私の耳に、不穏な言葉が入ってきた。

「お嬢。三、四人の馬に乗った騎士がこっちに来るぞ」

「セヴラン、馬車を停めなさい！　……ああ、お嬢様は本当に運がない……」

「うりゅさいっ！　あと、ヴィーって呼んでよね、お父さん！」

アルベールが覗《のぞ》いている窓に駆け寄り、私も外の様子を確認する。

「あーっ、大凶だわ……」

こちらに向かって疾走する騎士の鎧には、しっかりとリシュリュー辺境伯の紋章が輝いていた。

アルベールとリュシアンが、リシュリュー辺境伯の騎士たちに対応しているのを、馬車の窓からルネと一緒に覗《のぞ》きこむ。

「何か、御用ですか？」

アルベールは騎士の「どこに行く？」「なんのために国境へ？」という問いに、スラスラと嘘の理由を答えていく。

私たちが考えた設定は、これからミュールズ国で細工物の店を開こうと考えている旅人で、親子二人に店で雇う予定のセヴランと旅の護衛の冒険者兄妹（リュシアンが親子設定を嫌がった）とペットの子猫で移動中、というもの。

いてて、リオネルに足を甘噛みされたよ……ごめんごめん、リオネルはペットじゃないもんね。

「違うよ、ヴィー様。リオネルが猫じゃないって」

気に入らないのは、そっちかよ！

あ、馭者席《ぎょしゃ》にいたセヴランが騎士に後ろ手で拘束されて、こっちに連れてこられた。そして、荷台の扉も乱暴に開けられて、騎士が私たちの姿を怖い目付きで確認する。

「どういうことですか？　私たちが何かしましたか？」

「……駅者席《ぎょしゃ》で眠らされている少女は……どうした？」

騎士に怯えている商人の演技をしているアルベールを庇うように、リュシアンが前に出る。

「あの少女は、森の手前で魔獣に襲われていたのを俺が助けたんだ！　気を失っていたんだが周りに誰もいなかったから、近くの村まで送っていく途中だ」

「……」

チラッと、たぶんこの中で一番偉い騎士が、セヴランを拘束している騎士に目で合図をする。

「姫はただ眠っているだけです。たしかに、小さな魔獣に襲われた痕がありました」

「軽傷だったから、手持ちのポーションで治したぞ」

リュシアンが偉そうに腕を組んで主張すると、騎士がギロリと睨《にら》みつけた。そこへ、馬車の荷台にいる私たちを確認した騎士が、偉い騎士にこそこそと耳打ちする。

「……そうか。おい、離してやれ」

「はっ」

拘束されていた腕を解かれて、セヴランは手首を摩《さす》り、素早くリュシアンの後ろに回る。

「すまなかった。私たちはリシュリュー辺境伯騎士団の者だ。貴方《あなた》たちが助けた少女は辺境伯の孫娘カロリーヌ様で、今朝ほどブルエンヌの屋敷から姿を消し、我々は捜索していたのだ。……姫を助けてくれて主に代わって礼を言う」

アルベールは不遜《ふそん》な態度で鼻を鳴らし、わざとらしい笑みで「ご無事でよかったですね」と返した。

「では、私たちは旅の途中ですので、これで失礼します」

「お待ちを！」

そうして、アルベールたち大人組がさっと踵《きびす》を返そうとしたら、偉い騎士がちょっと待ったとばかりに手を挙げた。

「……重ね重ね申し訳ないが……ご協力願いたい！」


なんでこうなった！

私たちは、ブルエンヌにあるリシュリュー辺境伯の別邸に向けて、馬車を進めています。

魔獣に襲われ気を失った少女を捜しに来た騎士は、辺境伯騎士団の部隊長さんで、ブルエンヌ地方に駐屯している騎士の責任者だった。

リシュリュー辺境伯の孫娘、カロリーヌちゃんはそのブルエンヌにある辺境伯の別邸に住んでいる。なぜなら、彼女のお父さん、つまりリシュリュー辺境伯の息子がブルエンヌ地方の代官だからだって！

やったねシルヴィー！　絶対に交渉相手にしたくない人とご縁ができたよ！

……しくしくしくしく。私ってば、運がなさすぎる。

どうやら、そのカロリーヌちゃんが朝から姿が見えないと屋敷中で大騒ぎして捜しまくり、近くの村から納品に来た馬車に隠れて出奔《しゅっぽん》したことがわかって、慌てて騎士さんたちが追いかけて、今に至るのだとか。

「途中で、カロリーヌ姫が持っていた防御の魔道具が使用されたため、姫のいる場所がわかり、捜しに来たところに……」

「私たちの馬車を発見したと。私たちが連れ出したとか疑われていたのかな？」

私たちは騎士たちに囲まれた馬車の荷台の中で、車座になって小声で密談中です。

セヴランだけは馭者席《ぎょしゃ》にいる。一人は嫌だってすごく渋っていたけど、誰も彼と代わろうとはしなかった。

「連れ出したっていうか、子供を襲って攫ったと思われてただろうよ」

少女を魔獣から助けたリュシアンにとっては、そう疑われたのは不本意だろう。

でも、馬車の荷台に、子供の私と、やっぱり子供冒険者のルネがいたから、誘拐の線はないって信じてくれたのだと思う。

私たちへの疑問が晴れたなら、カロリーヌちゃんを渡して別れられるはずなのに、どうして騎士たちと同行して辺境伯の別邸に向かっているのか。それは、気を失っている彼女を運ぶ手段がないからだそうだ。

「乗せてくれたら謝礼も出りゅって言われちゃって、断ったら目立つし、しょれこそ違う理由を疑われしょうだもんね」

意識のない小さい子と馬に二人乗りで移動するのが難しいってことは、わかるわよ。

でもさー、屈強な騎士だから担いでいくとか、片手抱っこで運ぶとかは、できるんじゃないの？

騎士の一人は、カロリーヌちゃんを馭者席《ぎょしゃ》で運んでいたことに不満そうだったけど、馬車のオンボロ荷台を見たからか文句を言わなかった。

私が幻術魔法で見せている荷台の床板は傷んでいるし、ダミーで置いた樽と木箱が乱雑に積まれていて、毛布が敷いてあるだけだもんね。

「とにかく、カロリーヌちゃんを送って謝礼をもらって、さっさと行きましょう」

「しょうだね」

アルベールが疲れた顔で発した言葉を聞いて、私はただ頷《うなず》いた。

◆◇◆

リシュリュー辺境伯の領地内、王国との玄関口であるブルエンヌ地方の街中に建つ代官屋敷、辺境伯の別邸に着きました。

鉄の門扉がドドーンと聳《そび》え立つ立派な門を通り、青々とした芝生と可愛い花畑の中を進み、到着した三階建ての洋館は、前世の記憶ではチューダー様式に似たカントリーハウスっぽいお屋敷です。

門の前でカロリーヌちゃんを騎士に渡して逃げようと思っていた私たちだったが、騎士の圧に負けて、門を通り玄関まで同行することになり、着いたら着いたで騎士にぐるりと囲まれて、馬車から無理やり降ろされて、屋敷の中に招かれてしまった。

玄関に入り床に敷かれた赤い絨毯《じゅうたん》の上を怖々と歩き、高い天井に描かれた天使たちに見送られ大広間にポイッと放り出される。

大広間の中央にはお屋敷の雰囲気に合った、高級そうな机とそれを囲むソファーがあり、私たちは騎士に言われるがままにそこで待つ。

少しすると、リシュリュー辺境伯の息子であり、ブルエンヌ地方代官、レイモン・ド・リシュリューがゆっくりと大広間へ入ってくる。私たちの前に辿り着いた彼は、頭も下げずに私たちに感謝を述べた。

「まずは、娘、カロリーヌを助けてもらい、礼を言う」

「いいえ。カロリーヌ様がご無事でよかったです」

こちらはアルベールが、丁寧かつ慇懃《いんぎん》な態度で答える。

――私は黙っている。喋るなっ！　って言われたから。虎形態のリオネルを抱いているから口元がムズムズするけれども、黙っているためにリオネルの後頭部を吸ってみる。

くんかくんか。スーハースーハー。あー、リオネルからお天道様の匂いがするぅ。

まあ、階級意識の高いトゥーロン王国の貴族が、平民の私たちと同席しているだけでも破格の待遇と言えるだろう。

大広間のソファーに座っているのは、アルベールと私と膝抱っこのリオネル、後ろに控えて立っているのがリュシアンとセヴランとルネ。

ここまで私たちを連行――いや、案内してきた騎士たちはすでに部屋を辞している。

対面のソファーに座るこの屋敷の当主は、優雅な手つきで紅茶を口に運び、アルベールへゆっくりと視線を向けた。

「君たちは、国境を目指しているとか？　ミュールズ国に行くなら、ブルエンヌは遠回りではないかな？」

はい、来ました事情聴取ーっ！　またの名を、尋問！

「いいえ。細工物の仕入れ先も確保したいので、連合国のタルニスを目指しています。カルージュ国との国境を越えようかと」

「タルニスか……。たしかにエルフ族が多く細工物の技術も素晴らしいが……」

レイモン氏はふむと顎に手を置き、片眉をピクリと上げて思案する。

へ？　なんかまずった？　ヘタこいた？

途端に背中を大量の汗が伝う。アニマルセラピーで心を落ち着かせろ、シルヴィー。

アルベールが、そんな挙動不審な私を横目で見て誤魔化《ごまか》しきれないと感じたのか話題を変えた。

「そういえば、カロリーヌ様はどうして森へ？　しかもわざわざお一人で……ああ、すみません。ただの好奇心からの質問ですので、お気を悪くしないでください」

「いや……。そうだな。ここまで娘を連れてきてくれたのだ。事情ぐらいは話そう」

そう言うと、レイモン氏は眉間に皺を寄せた。

「実は……妻が病に倒れたのだが、ポーションも治癒魔法も効かないのだ。侍医の話では奇跡の『命の水』であれば治るかもしれないと……」

ぎくっぎくっ、と心当たりがありすぎるワードが心臓に突き刺さる。

「その話をカロリーヌに聞かれてしまったらしく、おそらく薬草を採りに森へ行こうとしたのだろう。私たちに言えば止められると思って、一人でな……。［命の水］など王家でも保有しているかどうかくらいの、珍しいものなのだ……」

レイモン氏は両手を組んで深いため息をつく。

奥さんが不治の病というだけで気がかりだろうに、愛娘《まなむすめ》までいなくなったら……この人の今日のストレスを考えると、同情するわー。

「失礼ですが、ピエーニュの森でそんなレア薬草は採取できないと思うのですが」

「ああ、君の言うとおりだ。ただ、我々辺境伯は頻繁に魔獣を討伐しており、稀に隣国の帝国から高ランク魔獣が紛れこむことを知っている。娘も帝国側に行けば、レアな薬草が生えていると考えたのだろう」

困った子だと言わんばかりに笑うが、その口元は引き攣っているように見えた。

ふーむ、お隣の帝国側の森には高ランク魔獣が生息しているらしい。なら、他の素材もトゥーロン王国側よりもレベルの高いものがありそうね。

「娘を襲っていた魔獣だが？」

「クレイジーラットが数匹、群がっていた」

リュシアンが答えると、レイモン氏は手で顔を覆って小さな声で神に祈りを捧げる。

「本当に、感謝する。たとえ弱い魔獣でも、首を噛まれたら危なかった」

「……偶然だ。それに、俺は冒険者として雇い主の安全を守る仕事をしただけだ」

やだ、リュシアンったら男前の発言をしちゃって。

そのあとも少しだけ尋問という名の会話をして、レイモン氏にしつこいぐらいに引き留められて断りきれず、今日はお屋敷に泊めてもらうことになった。

謝礼は明日、屋敷を出るときにもらえるそうだ。思ったより長居することになって、私たちは苦虫を噛み潰したような顔を必死に隠しながら、レイモン氏にお礼を言った。

私たち平民ごときが辺境伯に連なるほどの人の屋敷に泊まらせてもらうことがどれだけ名誉なことか……って、思えるかっ！　ちっ、余計な気を遣いやがって。

「ところで、ご息女が抱いているのは……猫なのか？」

ぎくっ、と顔が引き攣りそうになる。アルベールがとっさにフォローのために口を開いた。

「え……、ええ、猫ですよ。猫です。猫ですとも」

「…………」

しかしまだ疑っているのか、レイモン氏と私たちは微妙な空気に包まれた。

「に……にゃー」

おおーっ！　あのリオネルが空気を読んで猫の鳴き真似をしただと!?

好機だとばかりに、私はリオネルの太い右前足を掴み、レイモン氏に向かってひらひらと振ってみせた。敵が愛らしい肉球に呆けているうちに、私たちはタイミングよくやってきたリシュリュー辺境伯別邸の執事長に案内してもらって、今夜寝泊まりする客間に向かうことにした。

客間に着いた私たちは、扉が閉められるなり床に座りこんで大きく息を吐いた。

「………バレたかと思った……」

「ガルッ？」

愛娘《まなむすめ》を助けた恩人に向けるにしては探るような雰囲気だったレイモン氏との対面に緊張したし、リオネルが果たして猫なのかと疑う様子に肝を冷やしたわ。

「晩餐の誘いも断りましたし、あとは明日出発する前に、謝礼をもらって終わりですよ」

アルベールはみんなの肩を軽く叩いて、立ち上がるように促す。

「謝礼も気を利かして、トゥーロン王国通貨じゃなくて、連合国共通通貨で用意してくれるしな」

リュシアンが大きく背伸びをして、肩を軽く回す。

「旅に必要なものも融通してくれるみたいですし、ね」

セヴランもやれやれと肩を竦めたあと、椅子に座り直した。

私たちの夕食は部屋に運んでくれることになったし、夕食が運ばれてくるまでに、それぞれ着替えや入浴を済ませて——と、そこまではよかった。

客間に夕食が運ばれてきたのと同時に、会いたくない客も姿を現したのだ。

扉から顔を見せたのは、森で助けた少女、リシュリュー辺境伯の孫娘、カロリーヌ・ド・リシュリューちゃん。

彼女の顔を視認した私は、自分の眉間に皺が寄るのを止められなかった。

加えて、食事を運んできたメイドが「ぜひ、皆さんと一緒に夕食を」と言ってきたのだ。詳しく聞けば、父親であるレイモン氏はいつも仕事で忙しく、カロリーヌちゃんは一人で夕食を食べることが多いとか。

一人での食事が単純に寂しかったのか、助けてくれた私たちに「お礼を言いたい」という理由なのか、一緒にご飯を食べたいんだってさ……断りづらい。

少しだけ待ってもらって仲間内で会議して、結局、一緒に夕食を食べることにしました。

私たちに用意された食事は、さまざまな具が入ったサンドイッチにステーキ、サラダ、ポタージュスープ。デザートには数種類の焼き菓子と大人にはワイン、子供には果実水で、なかなかに豪華です。

私は口を大きく開けて、パクッとサンドイッチを頬張る。

美味《おい》しいーっ！　人が作った料理って、それだけで美味《おい》しい気がするわーっ。

そして、小声で喋る練習をしてみる。

「……おいちい……おいしゅ……おい……」

んー、舌ったらずがまったく改善されてないわ。

「ヴィー、美味《おい》しいかい？」

「おいしーッス！」

アルベールの問いかけに思わず、前世のヤンキーのような口調になってしまった。くくくっと笑いを堪えているようで堪えられてない、アルベールとセヴランめー！

「はい。とても美味《おい》しいですね？」

カロリーヌちゃんに笑顔でフォローしてもらったよ。

「改めまして、今日は本当にありがとうございました」

カロリーヌちゃんは小さな口で齧ったサンドイッチを小さな口で飲みこみ、ナプキンで口元を上品に拭ったあと、ペコリと頭を下げる。

「いいえ。ご無事でよかったです」

アルベールは胡散臭い笑顔で、私たちはうんうんと頷《うなず》いて彼女の気持ちを受け取った。

「どうしても薬草が欲しかったのです。でも、どんな薬草を採ればいいのかも知らず、ただ暴走しただけでした……」

しょぼーんと落ちこむ美少女を見て、私のハートがきゅんと締め付けられる。

そう、さすが高位貴族の孫娘である、とても純粋で可愛いのだ。赤みを帯びた金髪はクルクルと巻かれ、真ん丸お目々は若緑色、白い肌にバラのように赤らんだ頬、さくらんぼ色の唇。美少女だわー、羨ましいわー。

「お母様が心配だったのでしょう？　行動は間違っていたかもしれませんが、誰もお嬢様を責められませんよ？」

「ありがとうございます……でも、お母様はついこの間までお元気だったのです。いつもお父様とお母様とで楽しくお食事をして、お茶を楽しんでいたのです……」

アルベールが慰めると、美少女の瞳が潤みだす。

あわあわと左右を見て口達者な大人たちに助けを求めるが、アルベールは微笑むだけ、セヴランは痛ましそうに見つめるだけ、リュシアンとリオネルは肉の咀嚼《そしゃく》に夢中で話を聞いてやしねぇー！

「そんなに、悪いのですか？」

ルネがきょとんとした顔で質問する。

「ええ……。さらには、どんな病気なのかもわからないのです。お薬も治癒魔法も効かず……。皮膚がどんどん青黒く変色して……もう、体の右側はすべて色が変わってしまって、体力も落ちてベッドから起き上がることもできなくなったようなのです」

「……ようです？」

「うつる病気ではないとのことなのですが、お母様が部屋に入ることを許してくれないのです。たぶん……病で姿が変わった自分を見られたくないのかなって」

カロリーヌちゃんはとうとう泣き出してしまう。

結局、食事の途中だったがメイドに付き添われてカロリーヌちゃんは自分の部屋に戻ることになった。

なんとも言えない気分で、私たちは食事を続けるが……なんか、喉を通らない気がする。せっかく用意してもらった食事だったが、私は少しだけ残してしまった。

……横で豪快に肉を噛み千切る、デリカシー皆無な狼と子虎に殺意が湧くわっ。

食事を終えた私たちは、夜も更けてきたのでそろそろ寝ることにした。

「お嬢さ……。ヴィー、気になるのですか？　カロリーヌ様のこと」

「アルベール。うん。でも……」

私は【無限収納】から小瓶を出してテーブルの上に置き、アルベールの顔をチラッと見る。

これは、［命の水　劣化版］。あれから試行錯誤して、普通のポーションも作れるようにはなったが、量産してしまった［命の水　劣化版］はまだたくさん残っている。

これは、【ステータス向上】が【ステータス微増】に効果が薄まっているものだけど、これならカロリーヌちゃんのお母さんの病気は治るのかもしれない。

「問題は、どうやってリシュリュー夫人に飲ませるか……ですね」

セヴランは腕を組んでポーションの瓶を睨《にら》んでいる。人助けをすることには反対しないみたい。

「へ？　普通にレイモンに渡せばいいだろう？」

肉をたんまり食べて膨れたお腹を摩《さす》っている安定のバカ、リュシアンの意見は無視するとして、本当にどうやって飲ませればいいのかな？

その日は夜更けまで作戦を練り、私たちは頷《うなず》き合って眠りについた。

翌日。私たちは、昨夜と同じく部屋に用意してもらった朝食を食べ終え、出発するために身支度を整えていく。

「しゃあ！　バレりゅ前にトンズラすりゅわよ！」

「トンズラって……」

セヴランの冷たい眼差しはまるっと無視して、私は部屋の扉に手をかけた。

屋敷を出る前に執事長から謝礼が貰える約束になっているから、貰うものを貰ったあとは疑われないように、ブルエンヌの街のメインストリートは適度な速度で、街を出たところから爆走して、とっととずらかろう。

なんとなーく、屋敷が騒がしくなってきた気がする。……みんな、早く逃げるわよ。

◆◇◆

昨日は愛娘《まなむすめ》の失踪騒動で代官の仕事が滞ってしまったため、執務室に籠もり切りで書類仕事を片付けていた。

それと並行して、縁がある貴族たちや外国の知り合い宛に、［命の水］に関する情報を求める親書を書いた。

返事は期待していない、もし、手に入れることができたとしても、間に合うのかどうか……

妻が病に侵されてから、屋敷は重苦しい雰囲気に包まれている。私や娘のカロリーヌだけでなく、働いている使用人の表情さえも暗く痛々しい。

執事長は、昨日娘を助けてくれた旅人たちに謝礼を渡すために部屋を出ていき、代わりにメイドと従者が私の身支度を整えてくれる。食堂で朝食を食べる気持ちになれず、そのまま執務室に向かおうとすると、廊下を小走りに駆けてくる執事長が目に入った。

使用人の鑑《かがみ》であり、いつも冷静なあの執事長が廊下を走っている姿に驚く。

「旦那様！　大変です、す、すぐに奥様の部屋へ！」

とうとう、恐れていたことが起きたのか……。私は全身の血が引き、ふらつく体を壁に強《したた》かに打ってしまった。……やはり間に合わなかったか……

しかし執事長は興奮気味に私を立たせた。

「奥様が……ベッドから起き上がりました！　奇跡です！」

「…………はぁ？」

執事長は何を言っているんだろうか。妻は病に倒れてから、ずっとベッドに寝たきりだったはずだ。それが突然起き上がるだなんて。

信じられない思いを抱えながらも、執事長に腕を引かれ廊下を走って妻の部屋へと向かい、部屋の扉をノックもせずに勢いよく開ける。

――そこには瘦せてしまった細い体で、しっかりと立つ妻の姿があった。

◆◇◆

「遅いですね……」

「そうですね……」

私たちは、リシュリュー辺境伯別邸の玄関先に停めた馬車の前に一列に並び、謝礼を――あ、違った、執事長を待っている。

しかし、待てども来ない。私のチキンハートがドキンドキンしているのは、先ほどから屋敷の中が騒がしい……というか、浮ついている気がするからだ。

「ちっ！　間に合わなかったか」

元王女とは思えない舌打ちをする私に、リュシアンが視線を向けてくる。

「だとしても、俺たちの仕業だって気づかないだろうよ。こっそり入れたから……」

リュシアンの言うとおり、私たちはカロリーヌちゃんのお母様に［命の水　劣化版］を渡すことにした。アルベールは最後まで渋っていたが、まだ幼いカロリーヌちゃんには、優しいお母様が必要だと思うのよ。

多数決で決まったけど、アルベールは文句を言わなかった。

「こっそり飲ませるには食事に混ぜるのが一番いいだろうってことで、アルベールとリュシアンの顔面偏差値高めコンビに、メイドさんから情報をゲットしてもらいました。

理知的イケメンとワイルドイケメンのタッグだぜ？　メイドさんも口が軽くなるだろう。

都合のいいことに、奥様は病気で食欲が減退しているので、普段は栄養のあるスープを作り召し上がっていただいているそうな。

私の作った［命の水　劣化版］はほとんど味はないし、匂いもないから、スープに混ぜてもバレないと思う。次のミッションはどうやってスープに入れるか、ということ。

これも簡単に解決できた。

朝、奥様の部屋に食事を運ぶメイドを呼び止めて、執事長への伝言を頼んだのだ。執事長本人から、出発するときは声をかけてくださいって言われていたし、不自然な動きじゃないもん。

ルネがメイドに話しかけている隙に、セヴランがスープに［命の水　劣化版］を混ぜる。そして、そのメイドのあとを子虎姿のリオネルがくっついていき奥様の部屋に侵入し、ちゃんとスープを飲むかどうかを確認する。

リオネルが部屋に入っていても「迷子猫」で誤魔化《ごまか》せるし、もし奥様がスープを飲まなかったらなんとかして飲ませるんだっ！　と密命も課した。

つぶらな瞳で「どうやって飲ませるの？」と訊かれている気がしたが、それは無視した。そんなの私にだってわからないやい。でも部屋で待っていたら、ふんふんと上機嫌でリオネルが戻ってきたので、無事にミッションコンプリート……のはず。

さてさて、この場から一刻も早く立ち去りたい私たちは、いつまで待ってればいいんでしょうね？

◆◇◆

少しして、私たちは無事に謝礼をたんまりもらって、お屋敷を出発することができた。

まだ若い従者のお兄ちゃんが汗を拭きながら「執事長や旦那様がお見送りできずにすみません」って謝罪していたけど、お見送りなんていらんいらん！

お屋敷を出て、街のメインストリートをパッカラパッカラと緩やかな速度で進み、街の門を通り過ぎ街道をしばらく進んでから、私たちは爆走した。

外から見て粗末な馬車が爆走しているのも怪しさ満点なので、【認識阻害】の魔法をかけておいた。馬は二頭とも馬車に繋いだまま、馭者席《ぎょしゃ》では手馴れたアルベールが手綱《たづな》を握って、私たちは空間拡張した馬車のリビングで脱力中です。

「なんとか逃げられそうだな」

「追いかけられているわけではありませんがね」

「ガルッ」

リュシアンとセヴランが、やれやれと安堵した顔でお茶に手を伸ばし、何もわかっていないリオネルが器から水をがぶがぶと飲む。

私はリオネルの毛並みを愛《め》でながら、もらった謝礼の中身を確認した。

「これが連合国の共通通貨ね。あとは食材と油……ああ、灯《あか》りの燃料ね。清潔な布と、ポーションも数種。あと……これは何？」

私は謝礼の箱からピラッと一枚の書類を指で摘《つま》んで取り出し、ヒラヒラと振ってみんなに見せる。

「通行証でしょう。ふむふむ。これを提示すれば、少なくともリシュリュー辺境伯領地で不当に止められることはないですね。一種の身分証明書みたいなものですよ」

「ふーん。ま、困ったときに使うかぁ」

商人として似たような通行証を使ったことのあるセヴランの見立てを聞いて、私は適当に返事をした。とりあえず連合国共通通貨を手に入れられたから、トゥーロン王国のお金は使い切っても問題なさそうだ。トゥーロン王国のお金は、他国に渡ってしまえば使えないし。

「トゥーロン王国のお金を使うために、しょこしょこのレベルの宿に泊まりょうか？」

「「賛成ーっ！」」

泊まることにした。

「ガルルンッ！」

そうして、私たちは馬車を爆走させブルエンヌの街から村を二つ越え、まあまあ大きい街で宿に泊まることにした。

翌日。私は馬車の中でぐったりとしていた。なんなら馬に乗って馬車と並走しているリュシアンも馬上でぐったりしているように見えるし、セヴランも馭者《ぎょしゃ》席で死んだ魚のような目で前方一点を見ながら手綱《たづな》を握っている。アルベールも、いつもの微笑が引き攣っているようだ。

寝不足なルネとリオネルは、リビングに敷いたラグの上に丸まってすやすやと眠っている。

昨日、街で中の上ぐらいのランクの宿に泊まった。ご飯はまあまあで量も少ないわけでも、多すぎるわけでもなく、部屋の作りが悪いこともなく、そこそこ清潔だった。

でも、私たちはその宿に満足することができなかった。

そう、馬車の生活があまりに快適すぎたのだよ。

「知らないうちに贅沢に慣れていたようですね。お風呂も寝具も物足りなかったですし……。正直お食事もお嬢様がお作りになったほうが美味《おい》しい」

「ありがと」

気難しいアルベールに料理を褒められるのは嬉しいが、素直に喜んでいいのかどうか。

とにかく、もうこの世界の宿屋に泊まるのは辛い……というのが、私たちの総意だった。

「こりぇからは……野営しながりゃ進みましょ」

「……異論はございません」

ニッコリ笑うアルベールは地図を広げて、これからの進路を確認し始めた。

街と街や村を繋ぐ街道には、何ヵ所か野営用のスポットが設けられている。私たちは、魔獣討伐中の冒険者たちが野営するように、森の中で寝泊まりしよう。

街道沿いの人の多い野営所で泊まるには、見られて困るような秘密が多いからね。

「残ったトゥーロン王国のお金はどうしますか？」

「うーん、……どうしよう？」

「リシュリュー辺境伯領地の領都、リシュリューで両替商を探してみますか？　辺境伯の領地ですから、どこかで連合国の通貨に両替をしている商会があるかもしれません」

「危なくない？」

「両替ぐらいで疑われることはないでしょう」

やっぱり、それもそうか。

というわけで、お金はたくさんあったほうがいいという結論になり、アルベールの進言どおりリシュリューの街に寄って、お金の両替と必要なものを買い足すことにした。

街道を進む私たちの旅の手助けになったのは、ブルエンヌ代官から発行してもらった例の「通行証」だった。閉門間際に街道を進みながらも街に入ってこないことを怪しまれ、門番の尋問を受けることもあったし、街道で行き交う騎士に止められることもあった。

そのときに、ジャジャーンと「通行証」を見せると、みんな問題なしとすぐに解放してくれた。

よかった、謝礼もらっておいて。


野営しながら進むこと数日。

とうとう辿り着きましたよ、辺境伯領都リシュリューの街に！

さすが、辺境伯領地の領都なだけあって、高くて立派な外壁が街をぐるりと囲んでいる。

私たちは、街に入るため門に並ぶ人たちの最後尾に馬車をつけた。このリシュリューの街を通り過ぎれば、進路をやや西に向けて連合国カルージュ国との国境を目指すことになる。

そう思ったとき、バサバサッ！　と大きな鳥が羽ばたく音が聞こえてきた。何気なく馬車の窓から外の様子を見ようとして……私の体はビキリと硬直した。

「どうしましたか？　シルヴィー様？」

セヴランが私の後ろからひょっこりと顔を出し、同じように空を見上げる。

「ありぇは……飛竜？」

飛竜が五体ほど私たちの上を旋回しており、さらに、その背にはリシュリュー辺境伯の紋章をつけた、騎士らしき人を乗せていた。

◆◇◆

なんだか、前世のあのもの悲しい歌を口ずさみたくなるわ……

思いのままに口ずさんでいると、リュシアンが訝《いぶか》しげな顔でこちらを見る。

「なんだ？　その歌は？」

「仔牛が売りゃれていくときの歌」

だって、今の私たちの立場ってそんなものでしょ？

私たちが乗った馬車と並走するのは、リシュリュー辺境伯領の騎士団たちの騎馬で、しかも四方をガッチリと囲まれたうえに、飛竜で空からこちらを威嚇してくる騎士たちは精鋭中の精鋭らしい。

逃げられない……私たち、詰んだな。

リシュリューの街の門上で旋回していた飛竜が、私たちの馬車を取り囲むように降りてきたときは驚いたけど、それよりも驚いたのは……

「そんなお歌があるんですね。私、知りませんでした」

リシュリュー辺境伯の孫娘、カロリーヌちゃん。飛竜に乗って私たちの前に現れたのは屈強な騎士たちだけでなく、この幼い少女もだった。すぐさま粗末な馬車の荷台に変えて誤魔化《ごまか》したわよ。

そして今、私たちは辺境伯のお屋敷に、ご招待という名の連行中です。

「ご招待ですよ？　ぜひ、お祖父様もお礼を申したいと……」

余計なお世話です……とは言えないが、この先の展開が鬱《うつ》すぎて、お世辞の一つも言えない。

「どうして、私たちがこの街に来ることがわかったのですか？」

アルベールが問いかけると、カロリーヌちゃんは得意げに教えてくれた。

「はい！　皆さんにお渡しした通行証のおかげです。各地でその通行証を確認した者から、ブルエンヌの父に報告が入るようにしておいたので、皆さんの行路がわかったのです！」

ガッデーム！　便利な通行証にそんな罠が仕組まれていたなんて……

そんな風にカロリーヌちゃんとともに息苦しい時間を過ごすことしばし、辺境伯のお屋敷が見えてきました。

「お？　おお……おおぅ……」

すごい。高い塀に囲まれているだけでなく、四方に物見塔が建てられ塀の上にも歩哨《ほしょう》がいて絶えず監視をしている。

お屋敷というか、お城……でも、尖塔があるタイプのお城にしては優雅なイメージは微塵《みじん》もないし……これはもう要塞では？

ってか、この中に入ったらもう逃げられないよね？　空から隕石を降らせるような極大魔法とか使わないと、逃亡は無理じゃない？

私は、腕を組んで「うーん」と唸って、逃げるために放つ物騒な攻撃魔法のパターンを考える。

しかし何か視線を感じて顔を上げると、ニコニコ笑うカロリーヌちゃんと目が合い、複雑な気持ちになった。屈託のない笑みを浮かべる彼女を見て、彼女の大事な家族が欠けなかったことを素直に喜びたいのに、どうにも喜べない。

私たちの馬車はご立派な門を通り過ぎ、整備された庭を屋敷の正門まで、ガタンゴトンと進むのだった。

馬車を降りた私たちは、ズラーっと騎士たちに囲まれながら、赤い絨毯《じゅうたん》の敷かれた長い廊下を黙々と歩いています。もう、生きた心地がしない。

先頭を歩くのはカロリーヌちゃん、その後ろを一列になって歩かされています。

これって、孫娘に激甘なお祖父様が、その孫娘を偶然助けた私たちにお礼をするためのご招待って聞いたんだけど、でもさ、この状態は犯罪者の連行みたい。

私はため息を誤魔化《ごまか》すために横を向き、廊下の大きな窓から何気なく外を見た。

「……えっ⁉」

しかし、視界に入った光景に驚きを隠せず、とっさに窓にへばりつき、外の様子を凝視《ぎょうし》してしまう。

「どうした？　お嬢？」

リュシアンの声に、私は鬼気迫る顔で外を指さした。

外に広がる光景は辺境伯騎士団の訓練場。簡易な鎧を身に着けた騎士たち、もしくは騎士見習いたちが剣を片手に打ち合いをしている。

「これは……獣人か……」

リュシアンの呟きを聞いて、みんながギョッと目を見開き、窓に体を寄せて外を見た。

そこにいたのは全員獣人の騎士たち、いや奴隷騎士たちだったのだ。しかも数人だけじゃなく、一体何十人、何百人いるのだろう。

「どうしたのですか？　騎士の訓練が珍しかったですか？　なら、あとで見学なさいますか？」

ピタリと足を止めた私たちに、カロリーヌちゃんが邪気なく声をかける。

「……いいえ。獣人が珍しかったので……、足を止めてすみません。さあ、行きましょう」

アルベールがカロリーヌちゃんと一緒に足を進めるから、私も後ろ髪を引かれる思いで足を前に進めた。

みんなの足取りは重くなった。当たり前だ、解放できない同胞たちのことを思えば、リュシアンたちの気持ちはどれだけ複雑なことか……

私はこのあとに会う辺境伯に対して冷静でいられるだろうか？

「お嬢。余計なこと言うなよ」

この胸のムカムカした思いを辺境伯にぶつける前に、リュシアンから釘を刺されてしまった。

何も喋んないわよ！　どうせ舌ったらずだし！

案内人の騎士が恭《うやうや》しく開けた扉から、私たちは質素ながらも広く厳《いか》めしい雰囲気の部屋に通された。

今、私たちの前の革張りソファーには、頑強な体つきで右頬にザックリと傷痕があり立派な髭を蓄えた初老の男性がドデーンと座っている。

この人が、リシュリュー辺境伯本人でしょうね。

そして、その後ろに控えて立っている柔和な顔の男性は……ブルエンヌの街でお会いした代官様ですよね？

まさかカロリーヌちゃんだけでなく、レイモン氏ご本人もいらしていたとは……

アルベールはにこやかな表情で丁寧に挨拶しているけど、私たちは顔面蒼白だよ！

あ、子虎姿のリオネルだけはリュシアンの腕の中で呑気に寝ているけれど。

どうぞ、と促されてアルベールと娘役の私はソファーに座る。

客をもてなす応接室には、天井まで届く高さの大きな窓が壁一面に作られており、ドレープの細かい重厚なベージュ色のカーテンが額縁のようにかけられている。

飴色に輝く床に、茶系のシックな色合いで統一されたクラシカルな家具と脚付きのソファーに心が落ち着く……いや、落ち着けるかっ!!

「どうぞ、護衛の方たちもお座りください。お前たちは部屋を出ていってくれ」

なぜかレイモン氏が部屋の中にいた騎士たちを、軽く手を振って部屋から追いやる。リュシアンたちは怪訝《けげん》な顔で示されたソファーに座るが、こちらが警戒を解くことはない。

騎士たちが部屋から出ていったのを見届けると、リシュリュー辺境伯がゆっくりと口を開いた。

「まず、改めて礼を言いたい。孫娘カロリーヌを助けてくれたことを」

渋く低い声でそう言いリシュリュー辺境伯が軽く頭を下げると、後ろのレイモン氏も「私からも改めて」と謝意を示してくれた。

それにアルベールが応える。

「お気になさらずに。もう謝礼もたっぷりいただきましたし」

その謝礼の一部がＧＰＳみたいな役割をしたから、私たちは窮地に陥っているけどね。迂闊《うかつ》だったわー。トゥーロン王国の城を出てから順調に過ごしていたから、緊張感がないっていうか弛《たる》んでたのかな？

チラッとリュシアンたちを見ると、リオネル以外は私と同じように思ったらしい。私の正面にデカイ態度で座っている辺境伯を睨《にら》みつけるのは止めてほしいが……

カロリーヌちゃんはニコニコとしながら、その爺さんの隣にちょこんと座っている。

「特に、困っていることはありませんか？」

「いいえ。先を急いでいますので野営が多いですが、順調ですよ」

アルベールがサラッと答える。野営が多いのは本当だし、先を急いでいるのも本当。いやぁ逃亡生活に必要なのは息をするように誤魔化《ごまか》せる腹黒エルフですな！

「……っ」

内心で呟いたはずなのに、アルベールに太ももを抓《つね》られた。キッと睨《にら》んでやったら、フフンと鼻で笑われたわ。

「でも、これからは大変ですよ？」

「……その理由は？」

「貴方《あなた》たちでは、カルージュ国の国境を越えることはできても、タルニスに行くことはできません」

レイモン氏は、妻の病気の憂いがなくなったからか、晴れやかな笑顔でなかなかにエグいことを言い出した。アルベールは微笑を浮かべながらも微かに眉間に皺を寄せているようだ。

でもなんで、私たちはタルニスに行くことができないのかしら。

「やっぱり、知らなかったのですね？　トゥーロン王国から他国に出るのにカルージュ国を目指すので、不思議に思っていましたが……」

私たちがきょとんとした顔をしているのを見て、レイモン氏は満足げに頷《うなず》く。

ありゃりゃレイモン氏、随分といい性格をしていらしたんですね？

苦虫を噛み潰したような私の顔がおかしかったのか、彼はふふふと小さく笑うと、タルニスに入国できない種明かしをしてくれた。

「カルージュ国はほぼドワーフの国です。武器商人とも言われていますが、単純に鍛冶《かじ》仕事が盛んなのですよ。そしてタルニスはエルフの国と称してもいいでしょう。国の産業としては主に細工の国です」

「ええ。だから私もミュールズ国で細工品を扱う店を開くために、カルージュを通ってタルニスに向かい、いろいろと見てまわろうと思ったのです」

困惑した風を装ったアルベールの口調に、誰も嘘をついているとは思うまい。アルベールを援護するように、私もウンウンと頭を縦に激しく振る。

「そうですか。いやいや、つい愛娘《まなむすめ》たちを助けていただいたので、貴方《あなた》たちのことが気になって気になって。余計なことでしたね。では、カルージュからタルニスに入国できない理由ですが……」

ごくりと私たちは唾を飲みこんだ。

「ドワーフとエルフの仲が悪いからです」

「「「はぁーっ？」」」

……なんじゃ、その理由は！

いや、ドワーフとエルフが仲悪い設定ってあるあるだよねーと、私も思ったけれど。

「他の種族たちに比べて、特に悪いんですよ、カルージュに住むドワーフとタルニスに住むエルフは。鍛冶《かじ》と細工、お互いの産業が似通っていますし、材料の鉱石も取り合いになることが多いです。通常は連合国内の行き来は寛容なのですが、カルージュとタルニスだけは正規のパスがあっても通れません」

「……国交がないとか？」

「ありますよ、それなりには。でも行き来は厳しいです。守っている門兵の当たり外れもありますし。正直、賄賂《わいろ》で通れることもあれば賄賂《わいろ》で捕縛されることもあります」

え？　お金でどうこうもできないんだ⁉

私たち、カルージュに入国するときはトゥーロン王国の冒険者ギルドで作ってもらった偽造カードで入って、出るときに賄賂《わいろ》を握らして正規の国境通行証を作って、タルニスに入ろうと画策していたのに。

アルベールから、タルニスの出入国には正規パスが絶対に必要だって聞いたのと、カルージュ国はドワーフの気質もあって規則に緩い、という情報を手に入れていたからだけど。

でも、正規パスがあってもダメで、賄賂《わいろ》も門兵によっては捕まるだと？

聞いてないよ！　知らないよ！　どうすんのよっ！

「それは……困りましたねぇ……。私の調査不足です……」

アルベールがふうっと悩ましげに息を吐き、私とセヴランは俯《うつむ》く。

どうしよう、どうしよう！　ダメもとでリシュリュー辺境伯領地を横断して、ミュールズ国側の国交を結んでいる連合国の国境を越える？

でも情報がない国に行くのも怖いし、トゥーロン王国内に長時間いたくないしな……困ったぞ。

「しかし、カルージュとタルニスの仲が悪いと言っても、俺たちはエルフでもドワーフでもない、ただの旅人だが……それでもダメなのか？」

やや身を乗り出してリュシアンが確認する。

「ダメでしょうねぇ。カルージュから来た者はスパイかもしれないし、自分たちの技術が盗まれるかもしれない、と思っていることでしょう。そもそもタルニスに来るのにカルージュから入るのが気に食わないってことです」

なんだ、その思考回路？　そんなの言いがかりじゃないか。エルフめ、気難しいにもほどがあるのよ。私はなんとなくエルフ族であるアルベールの足をコツンと蹴った。

アルベールの大きな手が、私の頭を宥めるみたいによしよしと撫でる。

「ああ……すみません。皆さんに意地悪するつもりで、この話をしたのではないのですよ。愛娘《まなむすめ》たちを助けていただいたお礼の話です」

パンっと小気味いい音を立てて両手を叩き、レイモン氏はわざとらしく明るい声を出す。

「お礼ですか？」

「ええ。貴方《あなた》たちへ……リシュリュー辺境伯家からの謝礼です」

レイモン氏はリシュリュー辺境伯たちが座っているソファーの背から回りこみ、テーブルの上に数枚の書類を置く。

「これは？」

「タルニスへの正規パス。国境通行証です」

目の前に置かれた、タルニスへの国境通行証に私たちの目が釘付けになる。

欲しいよ？　欲しいさっ！　喉から手が出るほどに欲しいよ？

でもさぁ、怪しくない？　なんでリシュリュー辺境伯家が、私たちにこんなものを用意するのさ？

可愛い娘を助けた恩人だったとしても素性《すじょう》がわからない旅の者に、なんで国交がないはずの国への通行証を用意するのよ。

わざわざ私たちを追ってきたレイモン氏の態度も加わって、胡散臭いの極致！

「おや、お気に召しませんか？」

ニヤーッと笑うレイモン氏に、ニコニコ顔の可愛いカロリーヌちゃんと、ムスーッと黙って腕を組んだままの厳《いか》つい辺境伯。彼らの顔を見回しても、やべぇ……正解がわからん。

私だけでなくアルベールたちも背中に、ダラダラと冷や汗をかいていることだろう。あ、ルネだけが事情がわからずにキョロキョロと、私たちとレイモン氏を見比べていた。

「ここからタルニスまでは馬車で一日半ぐらいです。カルージュからタルニスへ向かうより、日数も短縮できますよ？」

「そうですね。ただ国交もないタルニスへの正規パスはどうやって取得したのでしょう？　疑いたくはないですが、私たちも危ない橋を渡るつもりはないのです」

こちらの胡散臭い人代表アルベールとレイモン氏、二人が顔を見合わせてニッコリと微笑み合う。美形とイケメンの微笑みは贅沢以外の何物でもないはずなのに、冷や汗のせいで背中が寒いわ！

「国交はないですが、辺境伯の立場から隣接国に幾人かの知己《ちき》はおります。偽造ではないですよ？」

「もらっとけ、アルベール。謝礼って言うなら変な小細工はしていないだろうよ」

「リュシアン……」

リュシアンは自分の足に両肘を付いて指を組み、不敵に笑い辺境伯を見つめた。ピクリと辺境伯がそんなリュシアンの態度に反応する。

「……では、こちらは遠慮なくいただきます。ありがとうございました」

アルベールが渡された国境通行証を受け取り、人数分あるか数える。

……あの、リシュリュー辺境伯領地に入ったときには、リオネルはすでに子虎の姿だったはずなのに、全部で通行証が六枚ありますよ？　子虎にも通行証は必要なの？

私が一人、首を傾げているところに再びレイモン氏の爆弾が落とされる。

「いえいえ。これでも不足なぐらいです。可愛い愛娘《まなむすめ》だけでなく、もう一人の命も助けていただいたのですから」

「いえいえ、お気遣いなく。たまたま持っていたポーションでしゅから」

レイモン氏の嬉しそうな顔に、私は迂闊《うかつ》にも素直に返事をしてしまった。

あ、と気がついても、もう遅い。もらった通行証から目を離し、ばっちりレイモン氏と視線は合ってしまっている。

ぎゃーっ！　やっちまった！

アルベールとリュシアン、両隣で大きなため息をつかないでーっ！

「おや？　娘以外の誰の命を助けてくださったのですか？　たしかに私の妻が病に倒れていたのに全快しましたが」

レイモン氏は、してやったりと笑い、私に標的を絞る。

「いえええええっ？　な、なんのこと、でしょう」

すっとぼけたけれど……アルベールからは「バカですか？」という呟きと、リュシアンからは「喋んな！」というお叱りが届きました。

亀のように首を竦めた私へ、さらに畳みかけるように二人のお小言が続く。

「噛むんだから、喋んなって言ったろーが！　しかも腹黒兄ちゃんのひっかけに、しっかり反応すんなよ！」

「ひっ！」

「誤魔化《ごまか》せる範囲を逸脱してしまったら、認めているのと同義ですよ？　どうするんですか？　こんな性格の悪い狸《たぬき》相手に……」

「ぴぇっ！」

「お二人とも、レイモン氏に対して失礼ですよ？」

セヴランが堪りかねて二人を止めると、アルベールたちからギロッと睨《にら》まれていた。

レイモン氏はくすくすと楽しそうに笑うと、カロリーヌちゃんの隣に腰を下ろす。

「やっぱり、妻の病気を治した［命の水］は、貴方《あなた》がたがお持ちだったのですね」

持ってたっつーか、作ったっつーか……いやいや余計なことは言いません、お口チャックです。

「いまさらですが、何を言われているのかわかりません。こちらの通行証はお嬢様を助けた謝礼としてお受け取りいたします」

「そうですか。ああ、妻は貴方《あなた》がたが屋敷を発った日の朝の食事を終えたあと、驚くほど元気になりました。しばらくは寝たきりだったので歩く練習などが必要だと思いますが、奇跡でした」

「はい。お母様が元気になって、わたくしのことを抱きしめてくれました。皆さんのおかげです。ありがとうございます」

カロリーヌちゃんがペコリと頭を下げてくれた。ふふふ、と柔らかく笑うカロリーヌちゃんがとっても可愛らしい。つい、私もペコリと頭を下げてしまう。

「それは神様の奇跡が起きたのでしょう。では、私たちはこれで失敬します」

「まだ、話は終わっていませんが？」

さっさと出ていこうとアルベールが腰を浮かしたが、レイモン氏が止める。

何か他に用事でもあるの？　他にやらかしたことあったっけ？

「何をしれっと出ていこうとしているのですか。だいたいトゥーロン王家でさえ、［命の水］を用意することができなかったのに、ただの旅人が持っていて、その対価も要求せずに会ったこともない者に黙って使用するし……」

じとーっとリオネルを見るレイモン氏の視線が危険すぎる。

「明らかに猫じゃない生き物を猫と言い切るし……、貴方《あなた》たち、怪しいんですよね」

ギックーン！　やっぱり、子虎姿のリオネルを猫と主張するのは厳しかったか。

何も言わない辺境伯の圧もすごいし、こんなに殺伐としてきた雰囲気の中でもニコニコしているカロリーヌちゃんも怖いよ。

「タルニスに行くのは、本当にミュールズ国でお店を開く準備のためですか？　それとも……トゥーロン王国にいられない理由でも？」

やばいやばい……なんか、この人たちにはいろいろとバレてる気がしてきた。

もしかして、王宮で起きたこととか、みそっかす王女の出奔《しゅっぽん》とかが、もうリシュリュー辺境伯の耳にまで入ってる？

だとしたら、この人たちは第一王子派？　第二王子派？

ここまで来て、王都に連れ戻されないよね？　国境通行証まで贈っておいて、目の前で取り上げないよね？

ギュッと口を結んで、手が真っ白になるほど強く握る。段々と体が小刻みに震えてくるのを止められない。チート能力があっても、どう行動すればいいかわからなかったら使いようがないのよっ！

「じゃあ、俺からもいいか？」

リュシアンの落ち着いた声が、やけに部屋に響いた。

「なんですか？」

「……ここにいる獣人の騎士たち。あいつらが誰一人として奴隷契約を結んでないのは、なぜだ？」

皮肉げに笑ってレイモン氏たちを睥睨《へいげい》するリュシアンが放った言葉を聞いて、私たちは目を瞠《みは》った。

え？　屋敷の外で訓練していた獣人の騎士たち……、あの人たち全員……奴隷じゃないの？

驚きを隠せないまま、私はレイモン氏を見る。セヴランやルネも目を見開いたままレイモン氏を見つめている。

しかし、レイモン氏は何も喋らないまま、ニコニコと微笑むだけだった。

この部屋に来る前に見た、屋敷の外の訓練場にいた獣人の騎士たちが奴隷じゃない？　獣人は辺境伯と奴隷契約が結ばれていて、いわゆる露払いの役目を負う捨て石扱いかと思っていた。

そりゃ、ここの獣人も王宮の亜人奴隷みたいに解放できたら解放したいなぁ、って考えたよ？

方法としては、契約主が自ら契約を破棄して解放するか、契約主が死んで契約が無効となるかのどちらかだけど、そもそも奴隷契約を結んでいないなら……あの獣人たちは自分の意志でリシュリュー辺境伯の騎士、兵士になったということになる。亜人差別が激しいトゥーロン王国の貴族に忠誠を誓うってあり得るの？

私はこんがらがった思考にうんうんと頭を抱えながら、リュシアンを見る。リュシアンは、さっきからずっとリシュリュー辺境伯に視線を留めていた。

リシュリュー辺境伯の体が、だんだんと小刻みに揺れ始める。

やばい、怒った？　気分を害した？　内心そうビビッていると、巌《いわお》のような大きな体を後ろに反らし、リシュリュー辺境伯は——爆笑し始めた。

「ぶわははははっ、気づいたか！　あいつらのことに」

あーははははっと、大きな口でなおも笑い続ける辺境伯を前に、私たちは口をポカンと開けた。

「……目を見れば、奴隷かどうかはわかる」

リュシアンは、まだ厳しい顔つきのままだ。

「そうだ。獣人たちとは奴隷契約を結んではおらん。あいつらは人族と変わらず我が領の自慢の騎士じゃ」

「騎士の恰好はしていたが……兵士扱いだろう？」

「いんや。ちゃんと騎士の誓いは済んでおる。最近ではこんな便利なものも手に入ったしな」

リシュリュー辺境伯はそう言うと、ジャラララとテーブルの上に、見慣れたアクセサリーを広げた。

「んっ！」

あ、また反応しちゃった！

身内から冷たく厳しい視線を集中砲火で浴びて、私は体を小さく縮こませた。

「ほう。そっちの嬢ちゃんはこれが何か知っているみたいだな」

辺境伯は興味深そうに私に顔を寄せてくる。

や、やめてーっ！　知っているっつーか、作ったっつーか……って、なんかこれ「命の水」と同じパターンになっている気がする。

「これは獣人を人族の姿に変えることができる魔道具です。反対の作用をする魔道具もあるそうですが」

レイモン氏がご丁寧に説明してくれるが……、だから知っているし、持っているし。

「獣人たちを表立って連れ歩くと不興を買うこともありましたが、これのおかげで大変スムーズに仕事を進めることができているのです」

満足そうに笑むレイモン氏に、カロリーヌちゃんもコクコクと頷《うなず》いて同意を示す。

そして、私とリオネル以外が、身に着けているアクセサリー型の魔道具をそっと隠した。同じアクセサリーを身に着けていたら、「獣人でーす」ってバラすのと変わらないもんね。

「別にあんたたちが獣人と奴隷契約を結んでいようがいまいが、興味はないが……、それを大っぴらにされたくなければ、こちらのことにあまり首を突っこむなってことだ」

ドカッとリュシアンがソファーに深く座り直し、背もたれに体を預ける。

なるほど。リュシアンは、辺境伯たちと取引をしたいわけね？　この国で獣人たちが奴隷契約を結ばずに自由にしていることを黙っているから、このまま私たちをタルニスに行かせろ、と。

「そういうわけにはいかん！　お前さんたちには、まだ用がある」

しかし、バーンっとリシュリュー辺境伯が堂々と拒絶する。いや、私たちに用って何よ？

そう思っていると、レイモン氏が肩を竦めてやれやれとばかりに首を横に振った。

「何か理由があってトゥーロン王国を出国しようとしているのはわかりました。でも……少し計画が甘くないですか？　情報もなくカルージュからタルニスへ行こうとしたり、利益もなしに人助けをしたり」

その指摘については、何も言えませんな。

そもそも、トゥーロン王国の城を出るまでにもう少し準備ができるはずだったのだ。第一王子ヴィクトル兄様の誕生日パーティーに招待されてから私たちの予定が狂いまくり、結局、勢いだけで出国をすることになってしまった。

うーん、それでもこの選択が最善だったと思ったけど、やっぱり甘かったか……

まあ、カロリーヌちゃんを助けたことと、レイモン氏の奥様を助けたことが悪手だったのかもしれないが……後悔はしていないいっ！

ふんっと鼻息を荒くすると、アルベールとリュシアンに頭を撫でられた。

「……ふふふ。主はやっぱり、貴方《あなた》でしたか？　小さなレディ？」

レイモン氏の眼差しがビシバシ刺さる。でも、目は逸らさない。ここまで来たら、何がなんでもトゥーロン王国から全員無事に出てやるのよっ！

たとえこの胡散臭いおじさんと敵対することになっても！

「結論を申し上げますと……我々リシュリュー辺境伯家は、貴方《あなた》がたのトゥーロン王国出国に協力します」

「…………なぜ？」

どこをどうしたら、そんな結論になるのか私は首を傾げた。

「言ったでしょう？　娘と妻の命を助けられた。そしてこの魔道具は、私たちリシュリュー辺境伯家をも助けた。だから……報いたいのです」

「魔道具のことは……」

「ミゲルの店。そしてギルマスのロドリスから魔道具の入手についての情報は得ています。詳しいことはさすがに漏洩を恐れたのか無理でしたが、最近知り合ったある商会の孫娘のことは書かれていました」

……あ、そこからバレてた。

ふむ、私たちの嘘身分設定はバレてるけど、私以外は亜人だっていう情報はどうだろうか？

アルベールを横目で見ると、かすかに首を横に振る。

よし、黙っていよう、そうしよう。

「あと、貴方《あなた》がたは情報に疎すぎます。ここでしばらく出国経路の確認とタルニスの情報、あとはトゥーロン王国の情報を勉強なさい。必要な品物も再度精査して揃えましょう」

なんだかレイモン氏の口調が、腹黒兄さんから世話焼き母さんになりつつある。

「あと、少し鍛えたほうがいいな！　お前とお前はそこそこやるが、そこの子供と猫もどきはちょい鍛え方が足りん」

つまり、アルベールとリュシアンは及第点《きゅうだいてん》らしいが、ルネとリオネルはまだまだらしい。

え、猫もどきのリオネルも鍛えるの？　だって今は子虎の状態だよ？

「そして、お前さんは……もう少し鍛えんと、死ぬぞ？」

リシュリュー辺境伯にビシッと指を突き付けられたセヴランは、「ひぃーっ」と悲鳴を上げてズリズリとソファーの上を後退る。

「あと嬢ちゃんは……潜在能力は末恐ろしいぐらいだが……覚悟がないなぁ。攻撃できないタイプだな」

「私は……補助専門でよろちく！」

私は大きく頷《うなず》き、笑顔で言い切った。

こんなところで厳《いか》つい爺さんの地獄の特訓なんてしたくないのである。

◆◇◆

結果、私も地獄の特訓に参加することになった……なぜこうなった？

しばらくの間、私たちはリシュリュー辺境伯邸に逗留《とうりゅう》することになり、滞在中はお客様としてちやほや接待されるのではなく、アルベールとセヴランは国際情勢とかのお勉強を課せられた。

講師は腹黒レイモン氏か？　と思っていたが、レイモン氏は私の予想を裏切り、いい笑顔でカロリーヌちゃんとともに飛竜で帰っていった。「ブルエンヌに戻るよ。目を光らせておかないとすぐに悪い奴が来るからね！」とのこと。

そのため、アルベールとセヴランはリシュリュー辺境伯の長男、ベルナール様から教えを受けて

いる。

この人、本当にあのずんぐりむっくりなリシュリュー辺境伯の息子なのか？　と目を疑いたくなるほど美々しい容姿をされている。

まず、細身で手足が長いモデルスタイルなのだ。さらにサラサラストレートロングの銀髪に、潤んだ緑瞳を持っていて、睫毛《まつげ》バッサバサの美人！　口元はいつも穏やかに微笑んでいて物腰も優雅。まごうことなくお貴族様である！

レイモン氏に似ているところもあるけど……、あの腹黒さは微塵《みじん》もないのよねぇ。儚い美人系がゴリゴリ筋肉ゴリラなリシュリュー辺境伯の長男って、なんの冗談？

そして我が家族の脳筋チーム、リュシアンとルネとリオネルは、ひたすら辺境伯騎士たちと鍛え合い切磋琢磨しています。アルベールはたまに体馴らしとして、獣人騎士たちの訓練に混ざっているみたい。

ちなみに彼らを獣人騎士たちと一緒に鍛えてくれているのは、リシュリュー辺境伯ご本人とその次男の次期辺境伯様です。

そう、麗しい長男ではなく、筋肉ゴリラ系統の次男レジス様が次期辺境伯になるらしい。リシュリュー辺境伯とレジス様が二人並んでいると、まさに見た目そっくり瓜二つ、やっぱり血は水よりも濃しよ。

セヴランも鍛えてもらっているけど、獣人騎士と同じメニューでやったら死ぬから、新人騎士たちと同じメニューをこなしている。それでも毎日、泣いているけどね。

そういえばリオネルだけど、無事に子虎から人型に戻ることができたの！

初日にみんなで獣人騎士たちの訓練を見学して、その訓練に交ざるってことになったら、レジス様が「子猫は無理だろう？」って言ってリオネルの参加を却下したのよ。

ええ、至極真っ当な意見だと思うわ。

そこでリオネルが『参加したい！　暴れたいっ！』というようにウーウー唸っていたら、ボフンと急に人型に戻りました！

あれは、びっくりしたわー。

しかも、そのあと訓練参加への意思表示をするだけして、すぐにバッタリと倒れて熟睡し始めたのだ。アルベールが推測するに、獣型でいると微量ながらも魔力を使うので、今回人型に戻ったのは、魔力が枯渇しかけたせいじゃないか、って。魔力枯渇したら起きてられないもんね。

魔力がある程度充填されるまではリオネルは起きず、結果、丸二日間寝ていた。今は元気に獣人騎士を倒しまくっています。

私はリオネルの将来に不安を覚えて、アルベールに訊いてみた。

「ねぇ。白虎族って戦闘大好きなの？　戦闘狂なの？」

「うーん……強い種族ですし、戦闘力はピカイチですけど、あれはリオネルの性格じゃないですか？」

そっか、性格か……、なるべくリオネルには魔獣討伐させて、ガス抜きをさせておこう。

「別のことを考えているのかしら、ヴィーちゃん？」

「ひふふ。すみまへん……」

私を回想から戻すように、頬に痛みが走る。いたた、頬を引っ張らないでぇぇぇ。

そう……私も今、地獄の特訓中なのである。

講師は……辺境伯夫人のオルタンス様。黒い御髪をきっちり一つにまとめ、切れ長の青い瞳をキラリンと光らせている、長身の隙がない夫人である。あの筋肉ゴリラ系の妻であるが、あの腹黒系の母でもある。つまり……とっても腹黒、いやいや怖い人なのだ。

この怖い人を講師に据えて、なぜか私は厳しい淑女教育を受けている。

このまま無事に国を出られたらアンティーブ国へ渡り、しばらくは冒険者稼業で稼ごうと思っていたのに、なぜ私は今、必要のない淑女教育を受けているの？

淑女教育を提案されたときにやんわりと断ろうとしたけど、オルタンス様の無言の圧力に負け、泣く泣く教育を受けている、というわけだ。美人怖い……

カーテシーからテーブルマナー、歩き方や座り方、ダンスレッスンまで内容は幅広い。

しかも、体罰ありきなのだ。間違えるとピシリと叩かれる……痛くはないけど……

ちなみに、心身ともに痛いのは、話し方のレッスン。

「さあ、最初からこの本を音読してちょうだい」

「はい。えっと……。むかしむかしありゅところに、きれいなおんにゃのひと……、ぎゃーっ！」

「噛まないで！　噛まないで読むのよ！　『りゅ』じゃなくて『る』！　『にゃ』じゃなくて『な』！ヴィーちゃんは子猫ちゃんじゃないでしょう？」

ぎゅむぎゅむと頬を抓《つね》られ、べっと出した舌をむぎゅーっと引っ張られる。特にこの話し方レッスンのときだけ、体罰が厳しいのだ。

「いひゃい」

「練習あるのみですからね！　さあ、もう一度！」

……こんなことなら、騎士たちの訓練に参加したほうが楽だったかもしれないな。

そう思いながら、私はくすんと洟《はな》を啜《すす》った。

こうして、私たちはリシュリュー辺境伯邸で予定外の滞在を強いられることになった。

◆◇◆

「はー……」

早いわ……、ここに来てから時間が過ぎるのが。

私は今、リシュリュー辺境伯邸の訓練場で、獣人騎士と手合わせしているアルベールたちを応援している。

アルベールはエルフ姿になることなく、私の父親のフリをしたまま人族として過ごしているんだけど、そのまま騎士たちと訓練をしているので、周りの騎士たちからは恐れ慄《おのの》かれているのだ。

それはそうよね。獣人騎士って人族に比べたらポテンシャル高いのに、一見優男《やさおとこ》風のアルベールに手も足も出ないんだもん。

しかも、あいつは剣術だけで騎士たちを翻弄している。【身体強化】は使っているみたいだけど、攻撃魔法は使っていないにもかかわらず、圧勝である。

さすがに、各隊長クラスやリシュリュー辺境伯たちと手合わせするときは、魔法も使っているみたいだけど。

ああ、リュシアンも剣術のみで戦っているわねぇ……。でもリシュリュー辺境伯に魔法が苦手なのを見破られていて、獣人騎士ではなく騎士団の魔法士と戦っているから、最近は劣勢になることもしばしばだ。

セヴランは、ひたすら体力づくりで訓練場の周りを走らされていて、最近ようやく新人騎士と打ち合いができるようになった。ただ、連敗で毎日泣いている。

ルネは、最初のころは同年代の獣人騎士たちと手合わせしていたけど、剣術でやり合うスタイルはルネに合わないって判断されて、なぜか体術と隠密系の訓練になった。うちの可愛い戦闘メイドが暗殺メイドにジョブ変しそうで……怖いです。

ちなみに戦闘スキルを磨く他にも、リシュリュー辺境伯のメイドに頼んで、メイド修行もしています。偉い！　可愛い！　でも……早起きだけは今も苦手みたい。

リオネルは……うん、もうね……楽しそうに戦っています。獣人騎士でさえ、手合わせしたくないと訴えるぐらいのレベルで。だから、リオネルの相手は次期辺境伯のレジス様のみで、あとは苦手な魔法訓練をすることになった。

というより、魔法訓練ばっかりやらせたら不満顔でストレスが溜まっているようだったから、ストレス発散のためレジス様に手合わせをしてもらっている、というのが正しいけど。

……みんな、頑張ってるなぁ。

「あら、ヴィーちゃんだって頑張ったわよ？」

ジャッ、と勢いよく扇を広げて口元に持っていき、ほほほ、と上品に笑うのは、辺境伯夫人オルタンス様。私の隣に座って、一緒に騎士たちの訓練を見学している。

「そうだったら、嬉しいです」

「ふふふ。油断するとちょっーと噛んじゃうけど、まあ、及第点《きゅうだいてん》ですよ」

ふふふと笑いながら、オルタンス様の目が弧を描いて、優しく私を見つめる。

「オルタンス様のおかげです。ありがとうございました」

私は素直にペコリと頭を下げる。すると、反対隣に座るベルナール様が、優しく頭を撫でてくれた。

「最近では、私たちの勉強会にも参加されていますし。ヴィーさんはいい生徒です」

私はベルナール様に顔を向けて、微笑む。

いい生徒……、まあアルベールよりは態度はいいだろう。

そして、チラッと悟られないようにベルナール様の上着の合わせの隙間を覗《のぞ》いた。決して厭《いや》らしい意味ではなく、ベルナール様の上着に隠されているブローチを見ている。

そのブローチは……私の作った例の魔道具なのだから。

結局ここには、一ヶ月近くも滞在してしまった。

もう明日には、リシュリュー辺境伯邸を出てタルニスの国境に向けて旅立つ。

それでも、時間を無駄にしたとは思わない。正しい情報を仕入れることができたし、みんなの実力の底上げをすることができた。それに、トゥーロン王国のお金を連合国のお金に両替することもできたし、不足だった旅の準備もできた。

私は一人、階段の踊り場にある大きな窓から、月を見上げる。この滞在で月は欠け、そしてまた真ん丸に満ちた。

「私も立派な淑女になれたもんね！」

ガッツポーズを決めた私の耳に、忍び笑う声が聞こえる。私は目を細めてすぐに振り返り、口を開いた。

「誰？」

「ごめん、ごめん」

廊下の柱の陰からゆらりと現れたのは、リシュリュー辺境伯の長男、麗しのベルナール様でした。

「……ベルナール様、こんばんは」

「こんばんは、ヴィーさん」

私はベルナール様と向き合う。彼は今、胸に堂々と例のブローチをつけていた。

「気になるかい？」

指で胸のブローチに触れるベルナール様を見て、私はひょいと眉を上げて小首を傾げた。

「……ベルナール様は、人族じゃないの？」

「そうだよ。私はね……獣人の母と人族の父から産まれたんだ」

身長差のせいで仰ぎ見る彼は、静かで優しい笑みを浮かべていたけど、どこか寂しそうに見えた。

「驚かないんだね。君たちは気配に敏いから、もしかして勘づいていたのかな？」

「ううん。そのブローチが見えたのと……それ、私が作ったから用途を知ってるの」

私の告白にベルナール様は目を大きく開いて驚く。

あれ？　リシュリュー辺境伯様から私のこと聞いてなかったのかな？　てっきり、「ミゲルの店」や冒険者ギルドとのやりとりは筒抜けだと思っていたんだけど。

ベルナール様は微笑むように少し目を細め、胸に手を当てた。

「そうか……ではお礼を言わなければ。ありがとう小さなレディ。この魔道具のおかげで、私は辺境伯の長男として表に出ることができたのだから」

「そうなの？」

そういえば、他のリシュリュー辺境伯家の人たちは魔道具を身に着けていなかった。ベルナール様にだけ獣人の特徴が現れたのか……それとも血の繋がりがない、とか？

私が疑問に思っていることを察したのか、ベルナール様は話し始めた。

「私は現辺境伯の兄と獣人の奴隷との間に産まれたんだ。父は母のために獣人の、亜人差別を失くす活動を積極的に行《おこな》っていていて……殺された」

「っ！」

衝撃的な告白に、思わず言葉が詰まる。しかしベルナール様は話を続ける。

「母とともにね。辺境伯はすぐに獣人の耳と尻尾《しっぽ》を持つ私の存在を隠し、トゥーロン王国の貴族として変わらず亜人迫害を行《おこな》うことを王家に誓った」

でもそれは表向きで、本当はベルナール様を匿《かくま》って、自分の長男として育てた。ベルナール様の叔父である現辺境伯は、辺境伯の地位を親から継ぎ、奴隷との契約主になったときから、慎重に選んだ亜人奴隷を解放し、そして獣人の騎士たちを育てあげた。

「すべては、亜人奴隷解放のために？」

「……叔父上は父を敬愛していたらしいから、どうかな？　もしかしたら単純に父の仇を討ちたいだけかもね」

ベルナール様は首を竦めて、そこで言葉を切った。

ベルナール様の仇は一体誰なのだろうか。トゥーロン王家なのか、それとも亜人奴隷をトゥーロン王国の罪と扇動し、裏で糸を引いているミュールズ国なのか？

「私たちも誰が悪いのかちゃんと調べている。かの国のことも、第二王子のことも」

そっと私の頭を撫でてくれたベルナール様は、いつもの優しい顔ではなく、野生の獣のような獰《どう》猛《もう》な鋭い眼で、虚空を睨《にら》んでいた。

ゴクリと、ベルナール様の変貌に思わず唾を飲みこんでしまった。

「さあ、明日は出発だから、もう休みなさい」

「はい」

私は素直な態度で、ベルナール様に部屋まで送ってもらう。

そ、そうよ、明日は出発の日！　トゥーロン王国のことはいろいろと気になるけども、私は私の手でできることを考えるしかないっ！

そうは思いつつもいろいろと考えこんでしまって、その夜はなかなか寝付くことができなかった。

◆◇◆

翌日。私たちは出発するため、リシュリュー辺境伯家の屋敷の玄関に立っていた。辺境伯家の方々も屋敷の前に並んで、出発する私たちの見送りをしてくれている。

久々に馬車を馬に繋いで、身軽な衣服に着替えて、準備万端！

ありがたくもタルニスの国境までの一日半の旅路に、護衛として騎士たちも数名貸し出してくれたから、道中はとても安心だ。

リシュリュー辺境伯が代表して、アルベールと握手を交わす。レジス様はリオネルを抱き上げて、「ちゃんとみんなを守ってやれよ！」と豪快に笑った。

「では、お世話になりました」

馬車に繋いでいないほうの馬にリュシアンが跨り、セヴランが馭者《ぎょしゃ》席に座る。ルネとリオネルが馬車に乗りこみ、私も馬車へ乗ろうとするけど……

このまま、トゥーロン王国を去ってしまって本当にいいのだろうか、という考えが不意に脳裏に浮かんだ。

ここには、これから巨悪に立ち向かおうとする人たちがいる。

私はオルタンス様に教えてもらったおかげで、ちゃんと話せるようになった。ダンスレッスンや歩き方などの淑女教育で体力が付き、ようやく痩せ細った体に肉が付いた。みんなも、鍛えてもらい強くなったし、知識も増えた。

恩のある人たちを置いて、このまま国を去っていいのだろうか。

ここでは獣人も人族も一緒に働き、ご飯を食べ、笑い、喧嘩もして当たり前に日常を過ごしていた。私たちのように、家族みたいに仲良しの人たちもいた。

少なくとも人間と亜人・獣人の関係については、リシュリュー辺境伯騎士団の姿が正しくて、トゥーロン王家とその貴族たちの思考こそが間違っていると断言できる。

……けど、リシュリュー辺境伯たち亜人奴隷解放派の旗頭だった第一王子は、もういない。第一王子、ヴィクトル兄様の不在がどれだけ亜人奴隷解放の動きを遅らせるだろう。

でも私なら、みそっかすでも王女の私なら第一王子の代わりになれる。

俯《うつむ》いて考えに耽っていると、ぼふん、と私の頭に誰かの手が乗った。見上げると、オルタンス様の優しい笑顔が視界いっぱいに入ってきた。

「いいから、行きなさい。私たちにはまだ希望があるわ。貴方《あなた》は新しい場所へ大好きな人たちと行くのよ」

「オルタンス……様」

「幸せになりなさい。そのために、貴方《あなた》たちは生まれてきたのだから」

「……はい！」

目尻に滲んだ涙を服の袖で拭う。

そうだ、私にはやることがあるのだ。この家族たちと、安住の地を見つけて幸せになるんだから！

私はペコリと頭を深く下げて、走って馬車に向かいそのままの勢いで乗りこんだ。

最後にアルベールが優雅に礼をしたあと、続けて馬車に乗ってくる。そしてガタンと揺れて緩やかに馬車が動き出した。

私はルネとリオネルと一緒に、窓からリシュリュー辺境伯たちへ手を振った。

いつまでも、いつまでも……

リシュリュー辺境伯の騎士たちに守られながら馬車を一日半走らせ、ようやく辿り着いたタルニスの国境門で、リシュリュー辺境伯に用意してもらった国境通行証を提示する。

怪訝《けげん》そうな顔をされたが、辺境伯の騎士がテキパキと処理を進めてくれて、思ったより手続きに時間がかからなかった。

正直……え、いいの？　と思うスピード対応だったわ。

「では、我々はこれで」

剣を胸に当て礼をして、颯爽《さっそう》と馬に乗って去っていく騎士たちをぼんやりと見送る。なんかもう、まともにお礼を言う間もなかったよ。

国境門を警備する兵に国境通行証を返してもらって、タルニスでの身分証明書代わりのカードをもらう。それは、タルニス以外の連合国でも身分証明書として取り扱ってもらえるお得なカードだった。

さらに乗船券の購入も可能だそうだ、素晴らしい。

「なんだかんだあったけど、リシュリュー辺境伯の方たちには感謝だね。こうして身分証明書も手に入れることができて、思ったよりスムーズに入国できたもん」

私は手元のカードを見つめる。私の舌ったらずはオルタンス様のスパルタ教育により改善され、滑らかにお喋りができたので、国境門の兵に怪しまれることはない。

「ああ。たぶん普通の国境通行証じゃここまでしてもらえないな。リシュリュー辺境伯からの手回しがあったんだろう」

リュシアンももらったばかりの身分証明書となるカードをまじまじと見ている。

そうしているうちに、ようやく国境へ辿り着いた。国境は馬車ではなく歩いて越したいという私の我儘《わがまま》を聞いてもらい、みんなで馬車を降りた。リュシアンも馬から下りて、馬の手綱《たづな》を引いて歩く。

私は一歩一歩、地面を確かめるように歩く。そうして国境を越えたとき、思わず振り返ってトゥーロン王国の方向を見た。

あんなに出たかったのに……なんとなく寂しい……

そんな思いに駆られた私の背中を、そっとアルベールが押す。

「さあ、行きましょう」

「うん！」

まだまだ先は長いのよ、シルヴィー。

タルニスを縦断して船に乗ってアンティーブ国へ行って、アンティーブ国に行ったら冒険者登録してお金を稼いで、安住の地を探さないといけないのよ。

私は前を向いて、一歩踏み出した。

さあ、頑張ろう！

私の家族のためにも！

第三章　国外脱出のみそっかす王女、冒険者始めました

トゥーロン王国リシュリュー辺境伯の領地から国境を越え、連合国の一つ、エルフ族が治めるタルニス国の旅もおおよそ一ヶ月経った。とうとう船に乗って私たちは海へ出る。

今日私たちは、タルニス国の港の宿に泊まっていた。

昨日のうちに私とアルベールで人数分の乗船券を購入済みだし、船に乗せることのできない馬は二頭とも売ってしまった。

朝早く宿を出て屋台で朝ご飯を買い、船着き場の休憩場で手早く食べて済ませるつもりだ。

あー、とうとうここまで来ることができたか……と感慨に浸っていると、タルニスの旅路を思い出して乾いた笑いがもれる。

ずっと危惧していた身分証明書の問題がクリアになったので、それなりにスムーズな旅になるかもと期待した。アルベールもみんなも本来の姿に戻っての旅だったし、トゥーロン王国からの追手は現れないという確信もあったから、開放感で満たされていた。

まぁ、リオネルだけは白虎族を隠して白猫族に擬態したままだったけどね。

旅の問題がそれだけで済めばよかったんだけど、やっぱりスムーズにはいかないのよね、私たち。

タルニスでは、普通の旅人のように街や村を通って、宿に泊まって過ごすつもりだったんだけど、

やっぱり、みんな初日に宿に泊まって不満が爆発したのだ。

快適馬車生活に慣れてしまっていたので、宿に泊まると余計に疲れてしまうから、特に買い物とかの用事がなければ村も街も素通りして、結局、野営が基本の旅だったよ。

たまにタルニス国に滞在経験のあるアルベールの情報を頼りに、美味《おい》しいレストランのある街や武具が置いてある店とかに立ち寄ったり、観光して眺めのいい湖の畔で泊まったりもした。

道中、アルベールはエルフ族らしく綺麗な細工物に目を輝かせ、元商人のセヴランは布地や刺《し》繍《しゅう》を見て頭の中で算盤《そろばん》をはじいてたみたい。

腕が鈍らないようにほどほどに魔獣討伐もして、私も調味料や食材を探しに市場巡りもしたわ！

みんなでワイワイ、キャッキャッ、大騒ぎしながらの大移動だった。

そしてとうとう、明日の朝、海に出ることになった、というわけ。


「タルニス国を朝出発して、アンティーブ国へ着くのは翌朝か……。思ったより早いな」

「造船技術はドワーフがすごいんですけど、操船は風魔法を使うのが効率的なので、エルフ族の船が一番早いんですよね」

リュシアンがこれから乗る船を眩しそうに眺め、アルベールはやや誇らしげに胸を反らしている。

朝ご飯のサンドイッチをもきゅもきゅ食べながら、私は黙ってみんなの話を聞いていた。

アルベールは静かに紅茶を飲み、リュシアンと雑談を続ける。

「リュシアンは、アンティーブ国の港町アラスへ行ったことはありますか？」

「ああ。大きな街だからな。貿易港でもあるし栄えていたぞ。人もおおらかで気がいい奴が多い。俺らの定住場所の候補にしてもいいと思うぞ」

「そんなに？」

口の周りに甘いクリームをいっぱい付けて、ルネが無邪気に問う。

「ああ。でも、お嬢はアンティーブ国の王都に行ってみたいらしいし、いろいろなところに行ってみてから決めような」

「「うん」」

リュシアンが優しい顔でルネとリオネルの頭を撫でてあげると、二人は可愛く頷《うなず》いた。

「ヴィーさんは、王都に興味があるんですか？」

「そうね。アンティーブ国が本当に定住する場所に値するのか、それは王が治める王都を見て決めたいの」

私の返答にセヴランが納得したように微笑んだ。

ちなみに、トゥーロン王国を出国して完全にみんなと主従関係が解消されたと思った私は、「様」付けで呼ぶのを止めてもらった。

とはいえ、リュシアンはもともとの「お嬢」呼びのまま変わらず、セヴランは「さん」付けで、「ヴィー」と呼ぶのはアルベールとリオネルだけだ。まあ、リオネルはトゥーロン王国にいたときからアルベールたち年長組も呼び捨てだけど。

「ヴィー様？」

「ん？　あ、そろそろ時間だ。じゃあ行きましょうか」

ルネは相変わらず私に「様」付けだ。せっかくリシュリュー辺境伯でメイドとして修業したから、それを活かしたいらしい。なんて健気で殊勝な心持ちなの！　かわゆす！

そろそろ乗船が始まる時間なので、食べた朝食のゴミを捨て、荷物や武器を持つと休憩場を出て船に向かう。

ここでは、私とアルベールが先導して歩く。

タルニスの港には今回乗る船だけでなく、貨物船や大きな漁船も停泊していた。停泊している客船もいろいろあり、アンティーブ国行きよりミューールズ国行きに乗船する人が多く、本数も多い。でもミューールズ国行きのものはアンティーブ国行きの船より小型だ。

ミューールズ国は海に面している土地が狭く、さらに二本の大きな川に挟まれているせいで港も作りづらい。そのため、連合国とミューールズ国の間を流れるタリエ川を北上したところにある街から入国するのが一般的らしい。だからミューールズ国に行く船は小型なんだってさ。

私たちはさっさと歩いて、お目当ての船の乗り場に向かう。すると、後ろから焦ったような声が聞こえた。

「おいっ！　アルベール！　どこまで行くんだ？　アンティーブ国行きはこっちだろ？」

リュシアンの焦った声に我慢できず、私はくすくす笑ってしまった。アルベールは私の隣でしれっと涼しい顔をしている。

「いいえ。こちらで合っていますよ。私たちはこれから、ミューールズ国行きの船に乗ります」

「「「えーっ!!」」」

そう。私たちはトゥーロン王国と関係が深いと言われているミュールズ国行きの船に乗って、海に出るのだ！

返事を待たずに私とアルベールは再び歩を進める。他の人たちもついてきてくれているけれど、背後からリュシアンやセヴランがずっと文句を言っていて、うるさい。

私とアルベールは、わざと両耳を手で塞ぎながらスタスタと歩き、ミュールズ国行きの乗り場に着くなり、さっさと船員さんに人数分の乗船券を見せた。

「おい！　本当にこっちの船に乗るのか？」

アルベールの肩を掴み、怖い形相で問い詰めるリュシアン。やめてよ、船員さんの目がギロッと鋭くなったわよ！

「こちらはミュールズ国行きの船で間違いないですよね？　タルニスの商会が運航している？」

「ああ……何か問題でもあるのか？」

ほらー、リュシアンがこの船に乗りたくなさそうにするから、船員さんの機嫌が悪くなったじゃーん。

「タルニスの商会の船は早いでしょ？」

「そうだよ、嬢ちゃん。ああ……その分、船代は高いがな」

船員さんは話しかけた私ではなく、文句を言ったリュシアンの顔を見つめて喧嘩腰にそう言い放つ。

「っん。俺は別にそんな……つもりじゃ……」

リュシアンは船員の態度に体をやや後ろに引いて、もごもごと口ごもる。あら、そんなこと言っても、もう船賃に文句を言っている嫌な客認定されたわよ？

「貴方《あなた》がミュールズ国の商会の船を勧めたい気持ちはわかりますが、やはりタルニスの商会の船に乗りたいですね」

アルベールは、パシッと肩を掴むリュシアンの手を払い、私と顔を見合わせ「ねー」と言い合う。

「では、お願いします」

「後ろの四人も一緒でーす」

パチンと券に乗船の印を刻んでもらって、私とアルベールは船への階段を上っていく。

「あ、ちょっと待てって」

リュシアンやセヴランたちも戸惑いながら、私たちの後ろをついてきた。

さて、この船では個室を予約している。客室乗務員っぽい制服を着ているお姉さんに、客室の案内を頼み、ぞろぞろとお姉さんに続いてさらに階段を上っていく。

六人でも余裕な大部屋にしたから、乗務員のお姉さんの対応がいいわーっ！　客室に入ったあとも、お部屋の設備の説明と船内の説明、お茶を用意してくれた。

「うん！　なかなかいいサービスね！」

お姉さんが退室してから、用意してくれたお茶をひと口飲む。すると待ってましたと言わんばかりに、矢継ぎ早にリュシアンたちが口を開いた。勢いがすごい。

「おいおい、アンティーブに行くんじゃなかったのかよ？」

「そうですよ！　しかもどうしてミュールズ国に行くのですか！」

「……奴隷に戻る？」

「リオネル！　ヴィー様はそんなことしないです！　……たぶん」

いや、しないよ、そんな酷いこと。なんでルネは「たぶん」って言ったのよ。

「まあまあ、皆さん、座ってお茶でも飲みましょう。ちゃんと説明しますから」

「そうよ。それに夕方には船を降りるから、今のうちにこの部屋を堪能しておかないと、損よ」

私がそう言うと、アルベールを除いたみんなが驚きの表情で私の顔をじっと見つめた。

そんな彼らの視線を華麗に受け流して、私は再びお茶を啜《すす》った。

あー、お茶が美味い！


タルニスの商会の船は目的地のミュールズ国までの間、連合国の港に何ヵ所か立ち寄る。連合国最後の港は、ワットロー共和国にある港だ。

ワットロー共和国は、タリエ川を挟んで、ミュールズ国と隣接している。

私たちは残念そうな顔の客室乗務員さんに見送られて、ここワットロー共和国の港で下船した。

「ふー……約半日、海の上にいただけなのに、陸に足をつけるとホッとするわ」

「そうですね……」

うえっぷ、と気持ち悪そうに口を押さえるアルベールと、それを珍しそうに見るルネたちの姿に笑いが零れる。

　意外だわ……アルベールが船酔いするとは。神経図太いのにね。

「大丈夫？　これから移動するのよ？」

「だ……、大丈夫です」

「……治すけど？」

「治癒魔法は……街を離れてからで……」

　アルベールが弱っていると、不安になるなぁ。

　とりあえず、アルベールの左右にルネとリオネルを配置して、私とリュシアンが先導して歩くわ！

「歩いて移動するなら、馬も乗せればよかったかな」

　そう、ミュールズ国に一番近い連合国の港で下船した私たちは、ここからミュールズ国との国境にあるタリエ川を目指して歩くの！

　といっても別にミュールズ国に行くわけではなくて、ここから歩いて一日ぐらいのところにある小さな漁村まで移動するのが目的だ。

「ヴィーさん……なにも、アンティーブ国に行くのに漁村から漁船で移動しなくても……タルニス国からそのままアンティーブ国行きの船に乗ればよかったのでは？」

　セヴランの不満もわかるけど、トゥーロン王国から出たからといって油断はしちゃダメだと思う。

　たとえトゥーロン王国からの追手が来ても、リシュリュー辺境伯領で私たちの行方は掴めなくなると思う。辺境伯様はそうしてくださっていると信じてる。

エルフが治めるタルニスも、亜人差別のトゥーロン王国側の捜索に協力するわけがない。

でも、他国の力を借りずにトゥーロン王国がじっくり調べたら、私たちがタルニスに逃げたことはいつかバレるかもしれない。

だからトゥーロン王国側に、何も知らない私たちがミュールズ国へ逃げたと思いこませたいのだ。

だって、トゥーロン王国の亜人差別を裏で操っていたのは、奴隷売買を行っていたミュールズ国だって、私たちは知らないはずだもの。

私が理由を答えると、今度はリュシアンが質問してきた。

「だからわざとタルニスの商会の船に乗ったのか？　乗船の問い合わせがあっても、タルニスの商会ならトゥーロン王国に答えないと信じて？」

「そう。ミュールズ国の船だったら、乗ったことがバレるかもしれない。でもタルニスの商会はエルフ族が取り仕切っているから、亜人を差別するトゥーロン王国に協力するわけがない」

私たちがタルニスから船に乗ったと聞いたら、トゥーロン王国側は私たちがミュールズ国へ逃げたと考えるはず。まさか、王宮から出たことのないみそっかす王女が、いきなりアンティーブ国へ向かうだなんて予測はしないと思いたい、切実に！

そして、ダメ押しの途中下船で、さらに行方が掴めなくなる、っていう策だ。

そもそも結構この船、ワットロー共和国で途中下船する人が多いのよ。ここには賭博場があるから、ミュールズ国に行く前にちょっと遊んでいこうかな、って思う旅人が多いんだって。

それで、私たちもその人たちに紛れて船を降りたのだ。

「漁船に乗ってアンティーブ国に入る……。大丈夫ですか？　その計画？」

セヴランが疑わしい顔で私を見る。

知らんがな……、この計画はアルベールが立てたのだから。

「漁船を使っての行き来……わりと頻繁に、ありますよ。特に、冒険者は……っぷ、よく利用します」

未だに乗り物酔いに苦しむアルベール。もう治癒魔法をかけるまで黙ってなよ。

そうして私たちは、ワットロー共和国の港町を出て、小さな漁村に向かうのだった。

◆◇◆

名前　シルヴィー
年齢　八歳
性別　女
種族
職業　逃亡者・死者もどき
【スキル】
全属性魔法　生活魔法　鑑定（探査・探知）ＭＡＸ　隠蔽　料理　裁縫　算術　魔力操作

魔力感知　身体強化（強）
身体系耐性ＭＡＸ　精神系耐性ＭＡＸ
物理攻撃耐性（強）　魔法攻撃耐性（強）　熱冷耐性（強）
無限収納
【称号】
異世界転生者　波乱万丈万歳人生　亜人奴隷解放者　＃！♪Ｑｎ||％６５

漁村に行く前日の野営で、改めて自分を【鑑定】してみました。……私、八歳になっていたわ……ここまで気づかなかったよ。

というか、職業が逃亡者で死者もどきって何よ？　トゥーロン王国で死んだと思われているのか、死んだと扱われているのかしら。

スキルは特に変わらないけど、称号に「亜人奴隷解放者」が付いた。あれかな？　王宮の奴隷契約魔法陣をぶっ壊したからかな？

じーっと、自分の手を見つめて自分を【鑑定】していたら、治癒魔法のおかげで少し顔色がよくなり、夕ご飯をもりもり食べているアルベールが、「ヴィー？　何しているんです？」と声をかけてきた。

「【鑑定】よ」

アルベールが教えてくれたけど、【鑑定】は自分より実力のある人にかけると、かけたことがバレるらしい。当然、了承も得ないで【鑑定】するのはマナー違反だし、冒険者同士だったら戦闘に発展するかもしれない、ヤバい行為だとか。

だから私は、自分以外の人物に【鑑定】をかけることを極力しないのだ。

カロリーヌちゃんのときは【鑑定】したけど、薄目で見るというか、ヴェール越しに見るみたいな感じで、弱い【鑑定】にしていた。そうすると、相手に【鑑定】が感知される危険性が減るけど、その代償として、【鑑定】できる項目が減る。

正直、名前と性別、年齢と種族と職業ぐらいしかわからない。それって【鑑定】のリスクを負ってまで知りたいの？　っていう項目ばかりだ。

「そうですか。ヴィー、リュシアンたちも【鑑定】してみてください。あ、私は遠慮します」

「いいの？」

「ええ。アンティーブへ行く前に能力を正確に把握しておくべきです。私以外の」

なぜアルベールは、そんなに頑なに【鑑定】を拒否するの？

アルベールは私より強いから、【鑑定】を拒絶したり、隠蔽したりできるはず。前に【鑑定】したときはアルベールが弱っていたときだったから別として、今のアルベールは元気になっているのだから。

「お嬢、頼むわ」

「いいの？」

アルベールの言葉を聞いたみんなが、コクコクと頷《うなず》く。

まぁ【鑑定】を使えない人が自分のスキルや称号を知りたかったら、教会の鑑定魔道具か冒険者ギルド、商業ギルドにある鑑定魔道具を、お金を払って使わせてもらうしかない。片や、無料で使える私。どっちが楽なのかは言うまでもない。

ご飯も食べ終わって暇で仕方なくて、暇つぶししたいわけではないわ……決して。

「じゃあ、リュシアンからね」

私はリュシアンを自分の前に座らせて、【鑑定】する。放出する魔力のせいで瞳が少し熱を持つけれど我慢して、私は【鑑定】で見えたことを、とにかくひたすら喋る。リュシアンが終わると、セヴラン、ルネ、リオネルの順に【鑑定】していった。

何も考えずに喋った結果を、アルベールが一人ずつ紙に書いている。

「なんかいろいろと増えているな……。雷と氷の属性ってなんだ？　探知とかも増えているみたいだが……」

リュシアンは、魔法属性が増えていたみたい。

「私だって、木魔法はともかく【狐火】と【妖術】ってなんですか？　あと、あんなに頑張ったのに剣術がないし。あ、【目利き】は嬉しいですねぇ」

セヴランが手に入れた新しいスキルはたぶん天狐族《てんこぞく》由来のスキルだと思う。ついでに鞭《むち》スキルがしっかりとついているので、剣術は諦めたらどうでしょう？

「ルネ、強いの？」

ルネはスキルだけ見たら暗殺者かと疑うような物騒な状態になっていた。一緒に新しくついていたメイド初心者スキルはその中で唯一可愛い。

「……？」

うん、リオネルはいいや。前に【カリスマ】スキルを持つ白虎は白虎族の王様になるべき者と教えてもらったけどさ、なんか称号の欄に【王の卵】ってあったんだもん……見なかったことにしよう。

私が【鑑定】して、アルベールが書き取った個人の結果を見て、みんながワイワイ騒ぎだした。全員に共通しているのは、職業が「シルヴィーの家族　逃亡者」となっていたこと。ふふふ、シルヴィーの家族だって。嬉しくてによによしちゃうよ。

なのに一通り書き終えたアルベールは、はぁー……とわざとらしいため息をついて、恐ろしいことを言い放った。

「貴方《あなた》たち、なぜ魔法攻撃耐性を得ていないのですか？　特訓ですね、特訓です！」

その言葉で一気に場は阿鼻叫喚となった。

チート能力者の私は、当然持ってるもーん、魔法攻撃耐性（強）、ふふーん！　あー、よかった。

「ヴィーもアンティーブに行って落ち着いたら、彼らに攻撃魔法を当てまくるのに協力しなさい」

「あいっ！」

ありゃりゃ、特訓に巻きこまれちゃった。

それから興奮冷めやらぬまま寝て、まだ日も昇らないうちに起きた私たちは、宿代わりの馬車を

【無限収納】にしまい黙々と歩く。やがて日が差し始めたころ、目的の漁村に辿り着いた。

お金はもちろん、手に入りにくい日用品や食材を渡して、アンティーブ国へ漁船を出してもらう交渉をした。

交渉が成立して、眠い目を擦りながら割と大きい船に乗り、アルベールが船酔いで撃沈して、海に太陽の光がキラキラと輝きだすころ、視線の向こうに希望が見えてきた。

「見えてきたな」

リュシアンのどこか弾んだ声を聞いて、私も頬を赤く染めて頷《うなず》く。

「うん」

まだ暗い夜闇に支配されているミュールズ国の大地は見えなかったけど、逆側にあるアンティーブ国は朝日に照らされてキラキラと輝いているように見える。

やがて、船は岸に停泊した。

漁船が使う粗末な桟橋に付けてもらって、私たちは船を降りて、大地を踏んだ。

とうとう、辿り着いたアンティーブ国！

「さあ、行こう！」

ここから続くのは、砂浜と砂利と岩の道。そして、目の前に広がるアンティーブ国の港町。

アルベールの船酔いを治癒魔法で治してから、私はみんなと一緒にアンティーブ国の港町アラスへ、一歩一歩、歩き始めた。

ここから新しい人生を始めるために！

◆◇◆

王都の店がそろそろ店じまいする時間。

その小さな飲食店も外に出した看板を片付け、表のランタンの灯《あか》りを消した。店の中では、まだ若い冒険者たちが楽しそうに酒を飲み交わし騒いでいるようだった。

カツン、カツンと、客が知るよしもない店の地下へ続く石階段を、音を立てて下りる人影があった。それが決められた合図どおりに扉をノックすると、大柄な男が扉を開けて、中へ入るよう促した。

そこは地下とは思えないほど広い部屋で、男ばかりがひしめき合っていた。人影はその中の一人と視線が合い、呆然とした様子を見せた。

「ヴィ……ヴィク……ト、ル殿下……？」

王都の冒険者ギルドを中心とした、トゥーロン王国の亜人奴隷解放を目指す有志は、その実、次期王の地位を約束されていた第一王子であるヴィクトル殿下の派閥でもあった。

だが、そのトゥーロン王国第一王子が、ザンマルタンの謀略に落ちた。

王太子任命の輝かしい一日となるはずだったヴィクトル殿下の誕生日パーティー。そのときに行《おこな》われた第二王子ユベール派の暴挙で、第一王子ヴィクトル殿下と後ろ盾のジラール公爵、その娘でありヴィクトル殿下の母上である第一妃、殿下の妹君リリアーヌ様が凶刃《きょうじん》に倒れた。

それだけでなく、第三王子のフランソワ殿下とその後ろ盾であるノアイユ公爵家までもが排除された。

もう、トゥーロン王家には、亜人差別が激しいザンマルタン家と第三妃、その子供である第二王子ユベールと第一王女のエロイーズしか残っていない。

しかし、この部屋に集まった者たちが忠誠を誓っていたヴィクトル殿下は、奇跡的に従者に助け出されたものの、瀕死の状態で……

だが、そんな伝聞を打ち消すように、人影――同志であり冒険者ギルドの職員の視界に入るのは、生きている第一王子、ヴィクトルの姿だった。

口をポカンと開く職員に対して、ヴィクトルは穏やかに笑みを見せた。

「ふふふ。初めましてだね。冒険者ギルドでギルマスたちの補佐をしているエヴリン女史。会えて嬉しいよ。僕はもうただのヴィクトルだ。ヴィーと呼んでくれ」

「は、はい。その名前でギルドカードも作成してまいりました」

彼女は、できたばかりの偽造ギルドカードを肩から下げた鞄からあたふたと取り出し、ヴィクトルに両手で捧げ持ち渡した。

この場にいるのは、冒険者ギルドのギルドマスターと高ランク冒険者たち、この店の主ミゲルと息子のオーブリー。もう一人の息子イザックは、カモフラージュで何も知らない冒険者たちと閉店した店でプチ宴会中だ。

あとは亜人の代表として、熊のジャコブ他数名、ここで匿《かくま》っている亜人たちが参加している。

ヴィクトルは自分の後ろに控え立つ、まだ若い獣人を紹介する。

「この子は僕の従者だよ。ユーグ。狼獣人で、僕をあの惨劇から助け出した英雄さ」

紹介された彼は誇らしいというより、恥ずかしそうに頭にあるふさふさ耳をペタンと倒す。

「本当に王宮でそんな酷いことが……。いいえ、でも、辻褄は合います。本日、王家から正式にギルドへ亜人捕獲の依頼が出されました」

王宮での惨劇を想像したのか顔色の悪いエヴリンの言葉に、その場がどよめく。

「僕は重体のままユーグに運ばれて、イザックの持つ効果の高いポーションのおかげで助かった。だが、すべてを失ってしまったようだ」

王子として受けた教育を体現する優雅な姿勢と穏やかな微笑みを持つヴィクトルだが、その瞳は決して笑っていない。それどころか、凍てついた刃のように研《と》ぎ澄まされている。

「王家が事態の収拾に動き出した。そのうち殿下たちの訃報や陛下のことが広められます。こっちもできることは今のうちに進めておきたいと考えています」

エヴリンはチラッと上司であるギルマスのロドリスへ視線を投げ、自分の役目は終わったと後方へ下がった。

ヴィクトルは、その先を促すようにミゲルに頷《うなず》いて合図する。

「とにかく、ヴィクトル……名前を変えられて、ヴィー様は王都を出ていくことが一番です。そのルートなのですが、この魔道具などの提供者は川を使うのは危ないと言っておりまして……」

ミゲルの言葉を聞いて、ギルマスが発言を引き継いだ。

「たしかに川で戦闘になると逃げ場がない。獣人を逃がすだけならともかく、ヴィー様を捜して検問が厳しくなるだろうし、なるべくなら戦闘は避けたい」

机に広げられた地図を見つめ、男たちは王都からの脱出ルートをシミュレーションしては頭を抱える。

「どこも安全に……とはいきませんね。そして、どこに行くか、が問題ですな」

「僕は再起を図る場所を決めているよ」

悩み続ける男たちとは対照的に、ヴィクトルは微笑を湛えて地図の一ヵ所を指差した。

「リシュリュー辺境伯領だ」

そこは南の連合国との境、隣の帝国とはピエーニュの森で隔たれている広大な領地であり、王家の武力に匹敵、いや凌駕する軍事力を持つ場所だった。


密会から数日後の夜。

「ユーグ。戻ったか」

「はい。王城付近まで、偵察に行ってまいりました」

ミゲルの店の屋根裏から、町と遠くに見える城を眺めていたヴィクトルはゆっくりと振り返った。

「で、どうだった？」

「はい。王城からの触れで、陛下が病のために王位を退き、宰相を後見に第二王子が政務を執り行《おこな》うことと、陛下と同じ病により王族関係者が多数亡くなったことが民に知らされました」

「亡くなった者のリストは？」

ユーグと呼ばれた若い青年は膝を突いたまま、ゆるく頭を横に振った。

「そうか。妹や第三王子は弑《しい》されたが、第四王女がどうなったか……やはりわからなかったか」

ヴィクトルはやや顔を俯《うつむ》けて、自嘲気味に笑う。

やはり、あの子はあのパーティーで害されてしまったのか。彼女が愚かな第二王子のユベールに存在を忘れられたまま、幽閉されていたり惨《むご》い目に遭《あ》っていたりしなければいいと願う。

「この地を去るまでに、わかればよかったが……」

しかし、気持ちは切り替えなければならない。

これから自分は茨の道を歩くのだ。もし、あの子と奇跡的に再会することがあっても、自分の征く道を邪魔するならば排除しなければならない。

ヴィクトルはグッと唇を噛みしめて、階段を下りて店の二階へ向かった。

二階ではミゲルたちと冒険者ギルドの者たちが、これから王都を出るヴィクトルたちの脱出ルートについて議論していた。

「辺境伯に連絡は？」

冒険者ギルドのサブマスターのモーリスが、ミゲルに鋭い視線を投げる。

「何度か。パーティーで起こったことも、ヴィー様の状態も報告済みです。今回のことも憂慮しておられ、できるだけ不自然に見えないようにお迎えに来てくださると」

「そうか……。よかった」

とりあえず、一番心配していたリシュリュー辺境伯からの受け入れ許可は得ることができた、と一同はホッと胸を撫でおろす。

「俺たちからも報告はしている。あと、この魔道具を作った知り合いのことも話したし、ミュールズ国への懸念も伝えてある」

イザックが手でアクセサリー型の魔道具を弄んでいる。

「イザック、その魔道具を都合してくれた者たちは、どうしたのだ?」

ヴィクトルは胡乱《うろん》な目つきで魔道具を見る。

「うーん、国外に出た……と思う」

「ピエーニュの森を通ってか?」

「ああ。心配はしていない。あいつら強そうだったし、度胸もあるし。ただ、こうちょっと抜けているっつーか、トラブルを招き寄せるっつーか、そこがな……」

「……本当に大丈夫なのか?」

ヴィクトルとしては、こちらの目的や情報がその者たちから漏れないか心配したのだが、イザックはニカッと屈託なく笑って答えた。

「ああ。ヴィーたちなら大丈夫だろう!」

「ヴィー……?」

「ああ。まだ小さな女の子だけどな、獣人たちと一緒だし。今頃は国境を越えているかもな!」

ヴィー……

シルヴィー……

ヴィクトルは口の中で、その女の子の名前を何度か呟いた。

その後、王都を出たヴィクトルたちの旅路は、命の危険もさることながら、今まで積み上げてきた信頼や情というものさえ滅していく辛い道となっていた。

祖父であるジラール公爵領の後継は傍系までがしゃしゃり出てきて、揉めに揉め、内戦の様相を呈している。危険があるということで、ヴィクトルたちはピエーニュの森へ戻り、ジラール公爵領に入ることを諦めた。

今は、リシュリュー辺境伯から飛竜部隊が迎えに来てくれるというので、目立たないように森に隠れながら待っているところだ。

「しかし、思ったとおりの奴らが裏切りましたな」

「しょうがない、国王とよしみを結び甘い汁を吸おうと考えた奴らだ。旨味がなければ裏切るだろう」

ユーグが痛ましそうな顔でヴィクトルを見るが、彼はさほどショックを受けていないようだった。むしろ、ヴィクトルは自分という旗頭がいなくなったのに、亜人解放を積極的に支援してくれる貴族がいることに驚いていた。

おそらく、リシュリュー辺境伯家の影響だろう。

「リシュリュー辺境伯領に入れば、とりあえずひと息つけますね。これからまた体制を立て直し、あの者たちを王座から引きずり下ろさないと！」

ユーグは鼻息荒くそう語るが、状況は芳《かんば》しくない。

正直、ここまでユベールが権力を握ってしまったら、後ろ盾のザンマルタン家を潰すだけでなく、国内の貴族のほとんどを掌握しなければならない。

「ヴィー様。難しいことはお一人で考えるものではないですよ。今は無事にリシュリュー辺境伯領に入ることだけをお考えください」

「ああ……」

熊獣人のジャコブは体の大きい頑強なイメージとは裏腹に、繊細な気遣いのできる男だった。

「ヴィー様。あちらに飛竜が……」

その場にいた者たちは、飛竜の羽ばたきは聞こえないが、晴れ渡った空に黒い影が隊列を組んでこちらに向かってきているのが見えた。

「よし！　行こう」

ヴィクトルは馬にヒラリと跨って、何かを振り切るように迎えに向かって走り出した。

◆◇◆

認識阻害の魔法を全員にかけて、私たちは人気《ひとけ》のない桟橋から、他の客船から下船した人たちの列にこっそり紛れこんだ。

アンティーブ国の港町アラスへ入る検問では、アルベールの持つ冒険者ギルドカードを見せることにした。十年ぐらい活動していなかったので門兵に微妙な顔をされたけど、冒険者ランクがAランクだったのが幸いして無事に通ることができました。

私たちはアルベールの仲間ということで、入国料さえ払えば身分証明書なしでも入れた。

アンティーブ国から見る海は綺麗なコバルトブルーで、砂浜は美しい白い砂。その海岸線と平行するように、広い道が一本、白い石と貝が敷き詰められた道が作られている。

たいてい、今まで通り過ぎてきた村とか街は、真ん中に広場があって、そこから円盤状に建物が広がっていたけど、ここはその白い道から左右斜めに広い道が作られて、街が放射状に広がっていた。

海を背にして左斜めの道は、赤い石と赤い貝が敷き詰められた赤い道。

右斜めの道は、青い石と青い貝が敷き詰められた青い道。

アラスの街は、とっても鮮やかな街並みだ。

「先にお金を両替しましょう。商業ギルドは、赤い道よりあちら側にあります」

アンティーブ国アラスの街を訪れたことがあるのは、アルベールとリュシアンの二人だけだから、二人にはしっかりと案内してもらわなきゃね。

私はアルベールと手を繋ぎ、ルネはセヴランと手を繋いで、リオネルは嫌々ながらもリュシアンに抱っこされて、道を進む。迷子防止よね？　わかっているから、大人しくぎゅっと手を繋いであげるわよ。

というか、とにかく人が多いのよ！　ちょうど客船がいくつも港に着いたみたいで、とめどなく人が降りてくるの。

アルベールの話では、赤い道より左側は商業ギルドと商店が並ぶ区画で、反対の青い道より右側は冒険者ギルドがあって、武器防具店や道具店、鍛冶《かじ》屋や魔道具屋などの冒険者たちが利用するお店が多くある。

その赤い道と青い道に挟まれた区画は、宿屋や役場、飲食店などが立ち並んでいるのだとか。

みんな石造りの建物で、カラフルで見ていてとても楽しいわ。

「お嬢、キョロキョロすんなよ」

「だって、いろいろと気になるんだもん」

リュシアンと軽い言い合いをしていると、こちらですよ、と繋いだ手を引っ張られて白い道から赤い道に入り、進む。白い道はどうやら観光客向けのお店が多く、貝を使ったアクセサリーや日除けの傘、サンダルとかが売られていて、ちょっと気になる。

「ここが商業ギルドですか？　かなり大きい建物ですね？」

いろいろな国で商業ギルドを訪れていた元商人のセヴランでさえも驚く、立派な建物の商業ギルドを見上げ、ちょっと怖気づいた。

「さあ、行きましょう」

アルベールが進むままに入り口に続く数段の階段を上り、私たちは商業ギルドの中へと入ったのだった。

商業ギルドは、まるで前世の銀行のような内装だ。いくつかの窓口と個室ブースがあって、二階には商談スペースが設けられている。番号札を取って、番号を呼ばれたらその窓口に行って要件を済ます、という方法だとか。

コンシェルジュみたいな案内人が、その番号札発券所に立っていた。その人から番号札を受け取らないと、窓口では対応してもらえないらしい。

それ以外には、ＡＴＭみたいなものが数台置いてあるけど、あれは魔道具なのかな？

アルベールがコンシェルジュみたいな人に両替に来た旨を伝えると、番号札ではなく部屋の奥を案内された。

「あちらです」

戻ってきたアルベールと再び手を繋いで、ＡＴＭもどきを通り過ぎて部屋の奥に行くと、窓口が二つあった。アルベールが、窓口のお姉さんに近づき声をかける。

「すみません。両替をお願いします」

「はい。どちらの地域のお金を、どちらの地域のお金に両替をご希望ですか？」

私は革袋に入った全財産を、革袋ごとアルベールに渡した。

「連合国の共通通貨をアンティーブ国の通貨に、両替をお願いします」

「かしこまりました。身分証明書のご提示をお願いいたします」

お姉さんの言うとおりにアルベールは懐からギルドカードを出して、窓口に差し出す。お姉さんはにこやかな顔で、アルベールのギルドカードを水晶に翳《かざ》し、表示された情報と水晶の色を確認している。

「お待たせいたしました。こちらをお返しします。ギルドカードを長いこと更新していないみたいですので、冒険者ギルドでの生存確認をお勧めします」

「はい」

アルベールが苦笑しながらギルドカードを懐にしまうけど……生存確認とは何ぞや？

「こちらが内訳です。ご確認ください」

紙を一枚渡されたので、アルベールが見ている横から覗《のぞ》きこむ。金貨が何枚とか書いてあるけど、アンティーブ国通貨の勉強をしないと全然わからないわね。

「結構です」

アルベールが渡された紙にサインしてお姉さんに返すと、革袋とアンティーブ国のお金を渡してくれた。

アルベールがお金を数えて革袋にしまい、お姉さんにお礼を言ってみんなが待っているところに戻る。クイッとアルベールの手を引いて、「あとでお金のこと教えて」と伝えておいた。

「ええ。ルネとリオネルにも教えないと、ですね」

アルベールだけじゃなく、いざというときのためにみんなにもお金は渡しておかないと。

ちなみにＡＴＭもどきは、アルベールに聞いたらまんまＡＴＭだった。ギルドカードなどの身分のわかるカードを入れて、お金を預けたり引き出したりできるんだって。

しかも、この魔道具は冒険者ギルドにもあるから、私たちも冒険者登録してカードがもらえたら使えるみたい、楽しみだわ！

あと、ギルドカードはお店によってお金の支払いが可能らしい。ほとんどの宿屋と飲食店で使えて、現金払いなのは屋台と行商人への支払いぐらいとか。

アンティーブ国、意外とキャッシュレス化が進んでいたわ。


みんなと合流して、早速お金の確認と勉強をしようと、待合室に置いてあるテーブルを借りる。椅子が四つしかないから、アルベールの膝抱っこが私で、リュシアンの膝抱っこがリオネル。

リオネルが体を左右に捩《ねじ》り、全力で嫌がっているのが面白い。

「では、ヴィーとルネとリオネルはよく見て覚えてください」

アルベールが、革袋からいくつかの貨幣を取り出して並べていく。

「アンティーブ国の通貨はルーです」

テーブルに並べた貨幣とその価値は、前世のお金の感覚と同じだった。

鉄貨が一ルーで、一円。その後、銅貨、銀貨、大銀貨、金貨、大金貨と桁が一つずつ上がっていって、大金貨は一枚で十万ルー、つまり十万円なんだって！

大きさは前世の十円玉ぐらいで、大銀貨と大金貨は前世の五百円玉ぐらい、ちなみに鉄貨だけは、円形ではなく四角形になっている。

大金貨より金額の大きい白金貨があるらしい。日常で使うことはないが、商業ギルドなどは取引でそれぐらいの金額、いわゆる百万円超えの取引はザラにあるらしい。

「商業ギルドで使うのは手形や証文で、現金で取引はしませんよ。それぞれのギルド口座で数字が移動するだけです」

元商人のセヴランが追加で説明してくれた。

「では、冒険者ギルドでギルドカードを作ったら、個人の口座にある程度のお金を入れておくとして、現金をこれだけ渡しておきます」

アルベール、リュシアン、セヴランの大人組は金貨と銀貨を交えた約三万円。

私とルネとリオネルのお子ちゃま組は、銀貨、銅貨、鉄貨を交えた約三百円……遠足のおやつ代か！

「これだけ……？」

両の手のひらに収まるお金に、しょんぼりするわ。

「私たちと一緒にいるから、たくさんはいらないでしょ？　子供がお金を持っていても危ないだけですしね」

そうかな？　これっぽっち、ちょっと買い食いしたらすぐなくなっちゃうよ……

しかし、ガックリしているのは私だけで、ルネとリオネルはお金を興味津々な目で見つめている。

「じゃあとりあえず、冒険者ギルドに行ってみましょ」

「おう！　その前に朝メシに屋台でなんか買っていこうぜ」

そうだ！　まだ朝ごはん食べてなかった！

赤い道沿いの屋台は、スイーツや軽食がメインだったので、そちらで朝ご飯を買うことにした。

青い道沿いの屋台は冒険者御用達《ごようたし》らしく肉料理のみの屋台だった。

リュシアンとリオネルは肉屋台に行きたがったけど、朝からそんなヘビーなものは食べません！

ピタパンのような中が空洞になっているモチモチ生地のパンに、いろいろな具材を詰めたものと果実水を買って、店備え付けのベンチに座って食べたけれど、美味《おい》しかったわ！

食後は白い道をてくてく歩きながら、アルベールが街の案内をしてくれることになった。

「赤い道と青い道に挟まれたこの区画は、宿屋が多くあります。奥には役場や教会、薬屋がありますよ。それより奥の高台には領主邸や貴族の別邸があって、そのさらに奥は畑や牧場、果樹園が広がっています」

ふーん。たしかに高台にある建物は、お屋敷って雰囲気の広い建物が多い。

案内されるがままにてくてく歩いていると、じきに青い道が見えてきた。

「こちらですよ」

青い道に進んでさらにてくてくと歩いていると、ガラッとイメージが変わって、荒々しくて雑多な、いかにも冒険者たちの街という雰囲気になった。

屋台のおじさんも筋肉モリモリマッチョマンで、汗を垂らしてふうふうと肉串を焼いている。お客さんもベンチに座って肉串に齧りついては、ジョッキでお酒を呷っていた。

「気をつけろよ。気の荒い連中が多いからな」

リュシアンがチラッと辺りを見て、注意してきた。うん、こういう人たちがいるなら、冒険者ギルドでテンプレに遭《あ》いそうで不安になるわ。

「さあ、ここです」

冒険者ギルドは石造りの大きな建物で、商業ギルドとは違って一切飾りけのない無骨な造りだった。

私は雰囲気の違う建物に緊張していたが、アルベールはそんな私の気も知らず、スタスタと窓口に向かい、窓口のお姉さんに声をかけた。

「すみません。ギルドカードの確認と冒険者登録をお願いします」

ギルドの中も装飾がまったくなく、床も石材そのままで無骨を通り過ぎて何もなさすぎるわ。

冒険者に対応する窓口は三つあって、今は誰も利用していない。右奥に買取窓口があるらしく、解体作業をするであろうギルド職員が汚れたエプロンを着て、刃物を片手にうろうろしていた。

右手前には、お約束の酒場もある。

入ってきた扉側の壁には、依頼の紙がいくつも重なるように貼られている依頼ボードがあった。

窓口の奥はバックヤードになっていて、ギルド職員のお姉さんがバタバタと忙しそう。

お姉さんはにっこりと笑ってアルベールのギルドカードを受け取ったが、それを見るなり眉尻を下げてしまった。な、何かあるのかしら……

「あの……アルベールさんの生存確認なのですが、このランクはギルマスにお願いすることになります。左手にある階段で二階に上がってください。ご案内します」

おおーっと、ギルドマスター直々に見定めるんだ！　さすがAランク冒険者だね。

窓口から出て私たちを先導しようとしたお姉さんが、階段に顔を向けた途端ビクリと硬直する。

つられて階上を見ると、一人の女性がゆったりと階段を下りてくるところだった。

「へえ～、珍しい奴がいるじゃないか」

高いヒールの靴を履き、綺麗な足を惜しげもなく曝《さら》け出している女性は、布地が極少で派手な赤いワンピースを着て、褐色の肌に映える赤毛はクルリと巻かれている……、なんだ、この迫力のあるド派手な美女は！

パッカーンと口を開けて凝視《ぎょうし》していると、隣のエルフから掠《かす》れた声が聞こえてきた。

「ヴァネッサ……」

「おや、アタシを覚えていたのかい？　薄情エルフ」

思わず私は二人を交互に見遣ってしまった。

……え、お二人は、どんな関係ですか？


あれから謎の美女の案内で、私たちは冒険者ギルドの二階に上がりギルドマスターの部屋へ来た。

ギルマスの部屋は広くて、壁をぶち抜いていくつかの部屋をワンフロアにした部屋だよ！

奥にドデーンとデカイ執務机が置いてあり、真ん中にバーンとソファーセットがあり、さらに隅にはとんでもないものがあって、思わず二度見してしまった。

仮眠用と思われるベッドが置いてあるんだけどさ……サイズもデカイし、リネン類が真っ赤だし、天蓋のレースが黒だし……エロいんだけど？

とっさに、ルネとリオネルの目を塞いじゃったわっ！

私たちはこの部屋の主であり、アンティーブ国アラスの街の冒険者ギルドマスター、ヴァネッサさんの対面のソファーに座っている。

何度も言いますが、迫力のあるド派手な美女です。

ボンキュッボンのメリハリボディ、プラス筋肉です。

しかも背が高い！　私たちの中ではリュシアンの背が一番高いけど、履いているハイヒールを脱いだとしても、そのリュシアンと変わらないぐらい背が高い！

あと、気になるのは、赤い豊かな髪の間から黒い角がチョコンと二つ覗《のぞ》いていることかな。

え？　本物ですか？　それ、何ですか？　この美女の正体が鬼だったら、ガクブルです。

「ほら、手続きを先に済ますから、ギルドカードを出しな」

「はいはい」

アルベールは、自分のギルドカードを出して彼女に渡す。ギルドカードは金色だ。

「ほら、アンタたちはこの用紙に記入するんだよ」

そう言われて、ぺらりと茶色の紙をもらった。その紙には「冒険者ギルド登録用紙」と書かれていて、名前や年齢を書く欄がある。

羽ペンを借りて書き進めて……あ、ここどうしよう。

ちょうどその様子を見ていたのか、アルベールが小声で教えてくれた。

「ヴィー、リオネル。出身地とかわからないところは書かなくても平気ですよ」

「はーい」

頼まれても出身地なんて書かないわっ！

他には、得意な武器や魔法、使える生活魔法の種類……

ん、緊急連絡先って何よ？

「死んだり、怪我で動けなくなったときの連絡先ですよ。ほとんどは家族とかですね。なければなしって書いてください」

……ないってことにしよう。

他のみんなも、全員なしって書いているみたいだし。

リュシアンとルネは孤児、セヴランも世話になった恩人には連絡ができない身の上で、リオネルはよくわからん。

「ほら、エルフ野郎。カード返すよ。随分長い間サボってたんだね？　弟に会いに行ってたと思うけど、故郷はそんなに楽しかったかい？」

「そうですね……。思いがけず長居をしてしまいました」

戻ってきたギルドカードを切なく眺めるアルベールの横顔を見て、なぜだか私の心がチクッと痛んだ。

「あと、そこの犬っころ」

「……俺か？」

リュシアンがギリッと目を吊り上げ、ギルマスを睨《にら》む。

リュシアンは犬じゃないよ、狼だよ？　……ってツッコみたいけど、怖くてツッコめないよ。

「アンタ、もともとはBランク冒険者じゃないか。再登録扱いにしてやろうか？」

「いい。俺は新しい名前で最低ランクから冒険者としてやり直す」

「へー」

ん？　再登録できるなら、Bランク冒険者としてカードを発行してもらえばいいじゃない。

首を傾げた私に、アルベールが補足してくれた。

「ヴィー。再登録も楽ではないのです。お金もかかりますし、Bランク冒険者として相応《ふさわ》しいかどうか試験があります」

「アルベール、試験って？」

「同ランク冒険者との試合です」

……冒険者って、どいつもこいつもバトルジャンキーばっかりだな！

しかも、負けたら一つ下のランクに下がるだけじゃなくて、最低ランクからの新規登録扱いって損ばっかりじゃねぇか！

おおー、怖い怖い、冒険者ギルドって。

でもこのギルマス、その試験やりたかったんだろうな。わかりやすく両頬をぶうっと膨らませて拗ねてるよ。

「……ふんっ。ほら、書けたら紙を寄こしな。じゃあ、犬っころからこの水晶に手を当てて、反対の手の指をここにブスッと刺して血をカードに垂らしな」

私たちは順番に言われたとおりにして、一人ひとり青銅色のカードをもらう。

私もブスッと指から血を出して、カードに垂らした。

青銅色のカードに、自分の名前とFランク冒険者（仮）の文字が黒く浮かび上がる。

「仮？」

「そうだよ。犬っころ以外のアンタたちは、条件を満たさないと冒険者資格が無効になるから気を付けな」

ギルマスは何枚かの紙を綴った冊子を、ペシリと私の顔に当てる。受け取ってみると、それは『初心者冒険者用説明書』と書いてある冊子。

マジかー、とうんざりしながら、私はペラペラと冊子のページを捲《めく》った。

「……つまり、一ヶ月以内にここに載っている依頼を十個達成しないと、正規のFランク冒険者としては認められないのね」

薬草採取と街のお手伝い、指示された場所の清掃、孤児院の手伝い、ギルドのお使い……か。

しかも無事に正規のFランク冒険者になったとしても、今度は半年以内に二十個の指定依頼達成が課せられて、Eランク冒険者やDランク冒険者になってもそれぞれ条件がある、と。

Cランク冒険者にならないと、資格無効のルールはなくならないのね。

あれ？　私ってば冒険者登録してギルドカードを身分証明書代わりにしようと思っていただけで、マジな冒険者稼業をするつもりはなかったんですけど……

内心、冷や汗がダラダラ流れていたのは私とセヴランだけのようで、リュシアンとルネとリオネルはやる気MAXで、ウキウキわくわくしていました。マジかー。

「おや？　皆さんファミリーネームを足したのですね？」

「ほえ？」

みんなファミリーネームなんかあったっけ？

「ヴァネッサ。私のカードの名前も変えてください。アルベール・シルヴィーと」

「え？　ええーっ！」

みんな、シルヴィーってファミリーネームを入れて登録したの!?

いやいや、それは私の元の名前でしょ？

わたわたする私に、リュシアンが悪戯《いたずら》っ子みたいな顔でニヤリと笑った。

「俺たちは家族だからな」

……たしかに、私の【鑑定】で「シルヴィーの家族」って出てたけど。

「ほら、ヴィーもカードにヴィー・シルヴィーと入れてもらいましょう」

「…………うん」

ちょっと恥ずかしいけど、お願いします。

「あいよ」

ギルマスは、そんな私にニカッと歯を見せて笑ってみせた。

「……そういえば、貴方様《あなた》はアルベールと、どんな関係ですか？」

スルーしようと思っていたけど、ちらちら視界に入るベッドのせいで我慢できなくなってしまって、諸々の作業が終わったあたりで、つい聞いてしまった。真っ赤なリネンのベッドを横目で見ながら。

ギルマスは片眉を上げて、正面のソファーにどっしりと座りながら口を開いた。

「あぁん？　アタシとアルベールの関係だって？　昔、一緒にダンジョンに潜った仲だよ。あのころ、アタシたちは駆け出しでランク上げに躍起になってたからね。アタシのパーティーは前衛の力自慢ばっかりだったから、ダンジョン用の助っ人としてこのエルフ野郎に声をかけたのさ」

私は隣に座るアルベールの顔を覗《のぞ》きこみ、「本当？」と首を傾げてみせた。

「ええ。もう五十年以上前のことですよ。私はソロ冒険者だったので、ランクを上げるために助っ人としていろいろなパーティーに交ざっていました。ヴァネッサはそのときの冒険者仲間です」

詳しく聞いてみたところ、ギルマスのパーティーが潜っていたダンジョンはこの国ではなく、二人の出会いも別のダンジョン探索中での共闘だという。

なんだ、これっぽっちも色っぽい仲ではないのか。つまらん。

「おい、アルベール。お前、ソロでAランク冒険者になれたのか？」

リュシアンが、私を挟んで座るアルベールを、震えながら指さした。

「そうだよ。このエルフ野郎は、ソロでAランク冒険者に成り上がった珍しい奴なのさ」

Aランク冒険者、Sランク冒険者ともにソロ冒険者が多いけど、そこに至るまではパーティーを組んで活動するのが普通で、最初から最後までソロ冒険者のままというのは珍しいらしい。

それに、最初からソロ冒険者のままAランクに上がるのはかなり難しいらしく、アルベールみたいな冒険者は稀なタイプだとか。

……単に協調性がなかっただけでは？

「なんだよ、ランク上げのダンジョン攻略ってパーティー組まないとぜってー無理なのに。助っ人でダンジョン攻略するなんて……」

そうだね。リュシアンは、ランク上げのダンジョン攻略で失敗したんだもんね。

でも攻略が難しいレベルのダンジョンに、助っ人を頼むパーティーってあんまりいないらしい。

ドロップアイテム目当てか、攻略したいだけなら助っ人を頼むこともあるけど、ランク上げのダンジョン攻略の場合は、信頼している仲間だけでチャレンジするのが冒険者の常識みたいです。

「だってさ、命をかけたチャレンジだぜ？　しかも自分の実力を出し尽くしてランク上げするのに、助っ人を頼むのもなぁ。しかも嫌な奴だったら途中で揉めるしなぁ……」

信頼していても、リュシアンの仲間ってアンタを騙して奴隷商に売った奴らでしょ？　リュシアンったら、信頼できる仲間を選べてないじゃん……まぁ、言わないけど……。

そう思いつつお口をキュッと結んでいたら、何かを察し目を細めたリュシアンにアイアンクローをかまされた。

イタッ、イタタタッ！　ギブ、ギブですぅ！

「あんなにソロに拘っていたのに、こんなちびっ子まで連れて冒険者稼業とは、どんな心境の変化だろうねぇ？」

「別にソロに拘っていたわけではありませんよ。一緒にやりたいと思った人がいなかっただけです」

清々《すがすが》しくボッチ最高発言をしたアルベールは、やんわり私の頭からリュシアンの手を離してくれた。うー、こめかみがジンジンするよぅ。

「それにしたって、マシな冒険者は犬っころだけで、あとは小娘とちびっ子と猫とビビリじゃないか」

たぶん小娘はルネだよね？　私はちびっ子か？

うがーっ！　これから背は伸びるもん！

「ビビリ……て、私のことですか？」

静かだったセヴランが、わなわなと震えながらギルマスに抗議するが、ふんっと鼻で軽く笑われて終わった。

「ちびっ子……八歳って、嘘だろ？　いや、カードに刻まれた情報に嘘はないはず……。そんなにちびっ子なのに、いっぱしの歳じゃないか！」

驚くところそこですか？　私の年齢なの？　それとも背の高さなの？

よし、表に出やがれ！　そのはち切れそうなお胸様を堪能してやるわっ！

「おい、お嬢。ちびってバカにされたのに、やらしい笑い方するなよ？」

はっ！　しまった。ド派手美女のお胸様の誘惑に負けてしまった！

「ところでエルフ野郎。再登録したってことは、これから依頼を……」

「しばらくはアラスの街にはいますが、Aランクの依頼は受けませんよ。変な仕事は持ってこないでくださいね」

「昔のよしみで……」

「ありません。ダンジョン攻略のときに散々協力しましたよ」

では、と言い、アルベールはギルマスの求めを無慈悲にあしらい、立ち上がる。

私たちも慌てて立ち上がった。

ヴァネッサギルマスはソファーに深く座ったまま、ヒラヒラと手を振りあっさりと私たちを見送る。

……まあ、無事にギルドに登録できたし、身分証明書代わりのギルドカードも手に入れたし、よかったよかった。

ギルドを出る前に忘れずに、受付のお姉さんにお勧めの宿を教えてもらってから、私たちはギルドを出た。


今日は宿に泊まるからと気落ちしている連中を無視して、私はアルベールにギルマスのことを尋ねた。冒険者ギルドを出て、受付のお姉さんお勧めの宿に向かう間の短い時間、通りの店を覗《のぞ》きながら歩く。

「彼女は鬼人族です。頭の角は鬼人族の特徴ですね。鬼人族は亜人とも魔族とも言われていますが、彼女は人族とのハーフですから鬼人族としては小柄です」

真っ赤な髪の毛から覗《のぞ》いてたのは、やっぱり鬼の角だったんだ。それにヴァネッサギルマスが小柄だと？　鬼人族ってどれぐらいの大きさなのよ！

「鬼人族は魔法が苦手で力技のみが取り柄です。彼女は斧が使えるだけまだマシです。彼女のパーティーは全員体術派だったので、ダンジョンで何度も死にそうな目に遭《あ》いました」

アルベールは昔を思い出してしみじみ言うけど、内容がえげつない。

ダンジョン攻略で死ぬって、そんな命がけの冒険者生活は絶対に嫌ですけど？

ついでに、それを聞いてるセヴランのお顔も真っ青ですけど？

「Cランクに上がればいいだろ？　そしたら依頼を受けなくても資格は剥奪されねぇし」

いつのまに買ったのか、肉串を頬張るリュシアンが何気なく言い放つとセヴランが反応する。

「簡単に言わないでくださいっ！　Cランクに上がるにはそこそこの強さの魔獣討伐と、護衛依頼を達成しなきゃいけないのですよ！　魔獣も怖いけど、人とやり合うことなど……」

あ、私も人相手に荒事は無理です。魔獣討伐は最悪魔法攻撃でなんとかなるけど、人と対峙するのは……無理だわー。平和ボケな前世日本人としては、たとえ盗賊や人殺し相手でも、攻撃できるかどうかわからんし、殺《や》っちまったら殺《や》っちまったでトラウマ間違いなしだし……

ズーンとセヴランと一緒に落ちこんでいたら、リュシアンがガシガシと頭を掻《か》き交ぜるように撫でてくれた。

「パーティーで依頼をこなせばいいから、苦手なことはできる奴に任せればいい。俺たちがいるだろう」

ニカッと男らしく笑うので、私は思わず心の中で「アニキー！」と呼んでしまった。

「今日は、宿に着いたらゆっくりしましょう。明日はどうします？」

「「依頼するー」」

アルベールのお伺いに、ルネとリオネルが、手を挙げて主張します。

「あー、俺も外に出て動きてぇな」

リュシアンがブンブンと腕を振り回す。ちょっと危ないでしょ！

「私は身だしなみを整えたいです。髪を伸ばしっぱなしですから。そして、そのあとずっとゆっくりしていたいです……」

「ヴィーはどうしたいです？」

セヴランの意見に賛成したいけど、引きこもり許さずのアルベールの無言の圧が怖い。

実はやりたいことっていうか、探したいものがあるのよねぇ……トゥーロン王国にいたころから。

「市場に行きたいわ」

「市場？」

「そろそろ作り置きのご飯も尽きるから、料理を作っておきたいし。それに知らない食材や調味料を探してみたいの！」

そうよっ！　そろそろ日本食が恋しいわっ。

トゥーロン王国では洋食オンリーだったし、日本米も見つからなかったし、醤油も味噌も穀物酢もなかった。

ケチャップやマヨネーズやドレッシング類も、ちょっと味が違った。

だ・か・ら、作りたいのよーっ！　日本食を。

食べたいのよー、白米に味噌汁が。

ハーブ類はあるのに、スパイス類はイマイチだから、カレーも作れないし。

これからする冒険者稼業はやっぱり命の危険があって、私の死亡フラグはボッキリ折れなかったけど、せっかくアンティーブ国っていう安全地帯に来られたんだから、食の道を究めたいのーっ！

「なんか……、お嬢がこんなにキラキラした顔するの……初めてじゃないか？」

「そ……そうですね」

リュシアンとアルベールが、ふんすふんすと鼻息の荒い私にドン引きしている気がする。

こうして、明日は市場で食材探しをすることになりました！

◆◇◆

翌朝、市場に繰り出すために早起きして、宿にある食堂で朝ご飯を食べる。このご飯めちゃくちゃ美味《おい》しくて、会話などせず、もきゅもきゅと無言でひたすら咀嚼《そしゃく》する。

具だくさんなコンソメスープに目玉焼きと厚切りベーコン、ボイルした貝柱、新鮮なサラダ、バゲットと、これだけでも完璧な朝食なのに、さらにくし切りにしたオレンジと果実水まで付いてくる。

果実水を一気に呷り、ぷはぁーっ、と息を吐く。

不用意に目立たないよう、街に入ったならば宿に泊まることにしたけれど、馬車と比べてお風呂やトイレ、ベッドにみんな不満げではあるものの、宿の朝ご飯は夢中で食べているね。

こらこら、リオネル……セヴランのベーコンを取るんじゃありません。

「ところで、ヴィーさん。これからどうするのですか？」

「へ？　セヴランってば昨日の話を忘れちゃった？　今日は食材探しで市場巡りよ」

「ち、違います！　今日の予定は覚えていますよ。そうではなく、これから私たちはどう生活していくのですか？」

ムムム、なんだなんだ？　セヴランの奴、急に難しいことを言い出したぞ？

私に向かってキリリッと顔を引き締めているけれど、リオネルがまた横からベーコンを狙っているよ。

「そうだな。ここまで無事に来ることができたけど……これからどうする、お嬢？」

「どうって……」

たしかにトゥーロン王国から逃げることばかり考えていたから、アンティーブ国に着いてから具体的にどうするのか考えてなかったわ。考える前にまず行動なリュシアンにまで質問攻めにされて、「うーん」と頭がグルグルと回り始めた。

「まあまあ。アンティーブ国に着いたばかりですから、もう少し落ち着いてからでもいいでしょう。さあ、市場に行くのでしょう？　早く行かないと目当てのものがなくなりますよ」

パンパンと軽く手を叩いてアルベールが場の雰囲気を変えてくれた。うんうん、難しいことはあとで考えるわ。

腹ごしらえも終わったし、とりあえず今日は、いざ、市場へ！

アラスの街の大通りにはいくつもの屋台が出ていて、その屋台が色鮮やかな布で飾られているのが、見ていて楽しいわ。それなりに広い道はいろんな人たちが行き交い、ぎゅうぎゅう詰めだ。

「時間的にさっき客船から下船した奴もいるし、冒険者たちが動き出す頃合いだしな。ほら、はぐれないようにアルベールと手を繋いでおけよ」

「はーい」

リュシアンの注意に素直に返事をし、私はアルベールの大きな手をギュッと握った。

昨日と同じく、私とアルベール、ルネとセヴラン、リオネルはリュシアンが抱っこしている。リオネルは迷子防止というより、逃走防止だな。

やっぱり港町だから、魚や貝などの海産物を取り扱っているお店が多いわね。

ふふふっ、探したいっ！　鰹節！　昆布！　出汁《だし》の素になる食材を‼

今までは、魔獣の骨とかきのことかで何とか誤魔化《ごまか》してきたけど、和食なら外せないのよっ、鰹節と昆布が！

あと根菜と葉物野菜が欲しいなぁ、玉ねぎとじゃがいもとキャベツっぽいのとネギと……さすがに港町じゃ卵と牛乳はないかなー。乳製品は牧場に直接買いに行くか、直売所を見つけないと手に入らないかなぁ。

そう簡単に和食の食材は見つからないこの世界だけど、ソーセージとかお肉の加工品はあるし、チョコレートとかのお菓子もあって、食材のレパートリーが悲惨な状況ではないのは助かったよ。

おっと、ハーブ類が売っているぞ、買わなければ。ミントとローリエ、シナモン、ローズマリーと、塩と胡椒と砂糖も買っておこう。

この世界が異世界あるあるの定番、調味料が塩しかない世界じゃなくてよかった。

塩は岩塩だけでなく海水から抽出する技術があるし、砂糖は甜菜《てんさい》とかの栽培も盛んでそこまで高価じゃないし、胡椒もふんだんに取り扱っている。

ただ……和食に使う調味料がない。

「おい、お嬢。野菜買ってきたぞ」

「魚と貝類もそこそこ揃いましたよ」

「ありがとー」

いろいろな食材を手に入れるため、リュシアンとセヴランに他の屋台へ行ってもらっていた。

思ったとおり、鰹節はなかったので鰹っぽい魚を買ってもらった。うーん、この魚を自分で鰹節に加工しなければ……、魔法を使えばいけるか？　あと、昆布はあったけど海苔《のり》が岩海苔《のり》状態のものしかなかった。

そして大変なことに、日本米っぽい穀物が見つからないのだ。

日本米以外の米は売っているんだけど、私が求めているのはパラパラになるお米じゃないのよ。

「ヴィー？　ハーブ類も買ったし、お菓子も買いました。他にも何か？」

「……家畜用の餌ってどこにあると思う？」

米が家畜用の安価な穀物として流通している、異世界あるあるに賭けてみよう。

「はあ、家畜用？　何買うんだ、そんな店で」

ブチブチ文句を言っても、こっちだぞと案内してくれるリュシアン、アンタいい奴だよ。いろいろ買って増えてきた荷物を人通りの少ないところで、こっそり私の【無限収納】にしまっておこう。

「むー！　むー！」

「なに、リオネル？」

「ヴィー様。たぶん……お菓子が欲しいんだと思う」

言葉を発さず何かを訴えるリオネルの通訳をしてくれるルネに、私は視線を合わせた。

「自分で持ちたいの？」

「うん」

リオネルの奴、満面の笑みで返事したな。しょうがない、お菓子と保存食にもなるドライフルーツをみんなに渡しておく。

お菓子を食べ歩きながら案内してもらったやや大きいお店は騎獣屋さんでしたが、そこにも私が求めるお米はなかったよ……しくしくしくしく、もう泣いちゃう。

しかし、がっくり項垂《うなだ》れた私の目に入った棚の奥の瓶……正確に言うと、その中に入っている黒い液体に、なぜか魅かれた。

私は俯《うつむ》けた顔を上げて、店主のおじさんに声をかけた。

「おじさん。それ、なあに？」

「ん？　どれだい？　ああ、これかぁ」

おじさんは渋い顔をして、黒い液体が入った瓶を手に取る。

「こりゃ、騎獣を買いに来た客が、金が足りないからって代わりに置いていったもんだ。何に使うかわからんのだよ」

「見せてもらってもいい？」

おじさんが「ほらよ」と渡してきた瓶の蓋を取り、私はクンクンと匂いを嗅ぐ。「この匂いは！」と確信したものの、念のため手に少し出してぺろりと舐めてみる。

「「「ええーっ！」」」

おじさんとリュシアン、セヴランが、私の突飛な行動に叫んだ。

しかし、私はそれどころじゃないっ!!

「見つけた！　これよ、これーっ！」

私は怪訝《けげん》な顔をしている大人たちを無視して、黒い液体が入った瓶を高く掲げた。

嬉しそうにしている私を見て、騎獣屋のおじさんはなおも怪訝《けげん》な顔をしながら、お客さんが置いていった怪しいものを次々に見せてくれた。

瓶に入っていた黒い液体は醤油だし、他のは味噌とか米酢とかごま油だった。しかもおじさん、これ私にくれるって!!

むふふふ。ちょっと酸化して色は変わっているけど、まだ食べられる！

「お嬢ちゃんは変なものを食べるみたいだな。これはアンティーブ国の東の外れに接している小国、チハロ国の客が持ってきたんだよ」

「チハロ国?」

「ああ、変わった文化のある小部族でな、めちゃくちゃ剣術が盛んな国だよ。この客はもうアラスの街から離れちまっていると思うが、チハロ国のものが欲しかったら、ラングラン伯爵の領地に行ってごらん。あそこの奥様はチハロ国の出身だから取り扱っている店があるかもしれないよ」

「ありがとう! ありがとう、おじさん!」

右も左もわからない異世界で、和食の貴重な情報をありがとうございますっ!

もしそのラングラン伯爵の領地に和食を取り扱う店がなくても、そのチハロ国とやらに直接買いに行ってもいいわ!

その国には、醤油も味噌も、日本米もあるに違いないっ!

私は懐かしい日本の調味料が入った瓶を抱きしめながら、チハロ国に思いを馳せた。……みんなの白けた視線を背中に受けながら。

アンタたち! 和食作っても食べさせてあげないわよっ!

その後、私たちは騎獣屋を去って市場に戻り、その大通りも過ぎて港の船着き場までやってきました。和食の食材を取り扱っているかもしれない、チハロ国の船が来てないかな、と思って。

下船するお客さんが落ち着いたのか、椅子に座って水を飲んでいる船員さんに私は駆け寄る。

「おはようございます！」

「おう。おはよう。どうした、嬢ちゃん？」

気のよさそうな船員さんに、かくかくしかじかと説明をする。

「ああ……、チハロからの客船は来ないよ。あそこが外交を始めたのはつい最近だからな。ただ、ラングラン伯爵家宛ての荷物を運んでくる貨物船が来ているかもしれないから、あっちに行ってみてごらん」

「ありがとうございます、お兄さん！」

私は満面の笑みでお礼を言って、ずんずんと目的の船を目指して歩く。

貨物船の船着き場は、とにかく大きい船がひしめき合っていたが、その中に一艘だけ小さくて質素な船が離れて停まっていた。

なんとなく、その船がチハロ国からの貨物船ではないかと思って、さらにずんずんと歩く足を早めていく。

「おい、お嬢。早いって！」

「ヴィーさん、ちょっと待ってください」

リュシアンとセヴラン、うるさいっ！　この逸《はや》る気持ちは抑えられないのよぅ！

「すみませーん！」

早足で歩きすぎて少し肩で息をしながら、私は船の周りにいる船員さんに声をかけた。

◆◇◆

アラスの街を彩る青い道を高台に向かって進み、広い道と交差したところで右に曲がり、そして街を出て草原へと進む。

しばらく草原を歩くと、緑茂る森が見えてきた。

「あそこでいいかな？」

「そうですね。念のため防御の魔道具は作動させてくださいね」

「はいはーい」

「おい、その前に薬草採取だろ！」

アルベールとこれからの準備について話そうとしていると、リュシアンのお叱りが飛んできて、思わず首を竦めた。

あれからチハロ国からの貨物船の船員と交渉をして、船員さんが個人的に持ちこんでいたお米を少し分けてもらうことに成功した。

どうやら今回の荷物は、ラングラン伯爵に嫁いだチハロ国のお姫様ご所望の布と紐とからくり細工で、食材はあまり積んでいなかったのだ。それを知った私がものすごくがっかりして涙目になったのを見かねて、同情した船員さんが日本米らしいものを分けてくれたのよ。

船員さんの話では、ラングラン伯爵の領地にはチハロ国の食材や製品が運ばれていて、チハロ国の料理人もラングラン伯爵家に勤めているとか！

何それ……羨ましい。決めた！　いつか絶対に行くわ、ラングラン伯爵の領地へ！

なんならもう、私たちの定住場所はそこでいいんじゃない？　まあ、私一人で住むわけじゃないから、こいつらを説得しなければならないけど。

そのために、まずは和食を食べさせて胃袋を掴んでメロメロにさせてしまう作戦です！

で、料理をするために街を出て森の近くまで移動してきたというわけ。てくてくと歩いてね。

とはいえ、いつも歩きってわけにもいかないし、馬車だけはあるから、冒険者として活動するなら馬が欲しいかなぁ。

「俺は指定された薬草を指定された数だけ採取する課題だか、お前らは何でもいいから薬草を採取すればOKだ！」

ただいまFランク冒険者（仮）な私たちは、薬草採取を三回こなすことが課題で、薬草の種類も数も指定されていない。

でもリュシアンはEランク冒険者にランクアップするために、指定された薬草を指定された数だけ採取する課題となる。

ただし、今日一日で指定された薬草を全部採取できれば、一度に三回分の課題を達成したことになるのだ。

なのに、リュシアンと違いFランク冒険者（仮）の私たちは、依頼の回数をこなすことが目的だから、今日どれだけ頑張っても一回は一回とカウントされる。

「じゃ、セヴランとルネとリオネルは頑張ってねー」

やる気のないだらけた口調で、私は三人にヒラヒラと手を振った。

私はセヴランたちとは別行動で薬草を採取するのである。なんたって、私にはあれがあるでしょ。私のチートスキル【鑑定】が。

【鑑定】で薬草を探して、見つけた薬草の茎をナイフでサクッと切って、ポポイッと袋へ入れる。サクッ、サクッ、ポイッ、ポポイッと、怖いぐらい順調に処理できるわ。

すぐに規定量の薬草採取が終わり、私はうーんと伸びをする。

「ふー、終了。じゃ、馬車の中で料理してるから、お昼になったら戻ってきてねー」

【無限収納】から馬車を出して、みんなの「ずるーい」という顔に満面の笑みで応えて、馬車の中へ入った。

今はFランク冒険者（仮）としての薬草採取の仕事より、料理のほうが大事！　待望の和食なのだよ！

あ、アルベールとのお約束を守って、防御の魔道具を作動させておかなきゃ。

さて、まずは炊飯器もない現状で米を炊くところから。

なんとなーく、炊き方はわかるけど……せめて土鍋が欲しかった。そう言っていてもしょうがないので、そこそこの大きさの鍋を【無限収納】から出して、お米を研《と》ぐ。

水加減もなぁ、こんなものかな？　うーん、計量カップも欲しいなぁ……、あとで作るか。

お米は少し置いてから火にかけるとして、塩と醤油と味噌とごま油も【無限収納】から出しておく。今日のメニューは、シンプルにおにぎりにしようと思う。塩おにぎりと醤油と味噌の焼きおにぎりで、おかずは和食に合いそうなものをさっき屋台で買っておいた。

甘辛な味付けの肉串と、塩焼きの魚、貝柱は買ったバターと醤油で味をつけようかな？

そうそう、お酢が手に入ったのでサラダ用のドレッシングを手作りしてみよう。

食べる和風ドレッシングとして、にんじんと玉ねぎのみじん切りに醤油と砂糖も混ぜて、お酢と油と加えて完成。バタバタと食材を用意していたせいで忘れそうになったわ、お米を炊かなきゃ。

お米が炊き上がるまでに作り置きの料理を何種類か作っておこう。

甘酢あんの肉団子とか、生姜《しょうが》も買えたから豚……じゃなかった、オーク肉の生姜《しょうが》焼きができるな。

あと、唐揚げ！　今まで塩味しかできなかったけど、にんにく醤油味の唐揚げは正義！

そんな感じであれもこれもと夢中で作っていたら、炊き上がったお米の蒸らし時間も終わった。

鍋の蓋をそっと開けると、ふわんと炊き立てご飯の甘い匂いが鼻孔を擽《くすぐ》った。

「し……しあわせ～」

湯気が顔面をぶわっと覆ったあとに見える、このつやつやに輝くご飯の粒よ！

しばし感動に胸を震わせ滲んだ涙を拭いて、みんなのためにおにぎりを作りまくる。

「アチッ！　アチチッ！」

炊き立てご飯は、とにかく熱いのよっ！

みんなが無事に薬草採取を終え馬車に戻ってくるころには、つやつやのご飯で作ったおにぎり三種と屋台で買ってきたおかず、きのこが具の味噌スープ、お酢を使って漬けた野菜が外にセッテングしたテーブルに並んでいた。

熱々の味噌スープをお椀によそって、「なんだこりゃ？」と訝《いぶか》しむ面々をスルーして、私はお昼ご飯を食べ始めた。

あぁーっ……美味い！　美味いよーっ!!

はぐはぐとおにぎりを口に入れては、両目を瞑《つぶ》ってじーんと感激する私に痛い視線が向けられているのを感じるが無視をする。

あぁ……涙が止まらないよー！

美味ーい、うーまーいーよー！

ボロボロ泣きながら塩おにぎりと醤油と味噌の焼きおにぎりを頬張っていた私に、アルベールは鋭い視線を向けている。

でも私はアルベールの視線も無視して、リュシアンとリオネルとおにぎり争奪戦に参戦するのだった。

だって、泣くよね？　久しぶりの日本食だし、おにぎりだし、お醤油だし、お味噌だし……泣きながらもりもり食べるよね？

そうして私は、それから長い間リュシアンとリオネルとおにぎり争奪戦を繰り広げ、満腹を通り越して苦しいぐらいに食べた。

満足した今はゆっくりとお茶を飲んでいます。緑茶は探しても見つからなかったから、ハーブティーで口の中をサッパリさせましょう。

「私が淹《い》れますよ」

アルベールが馴れた手つきで優雅にお茶を準備してくれる。

みんなお腹がパンパンで、機敏に動けるのはアルベールぐらいだろう。

「あー、美味《おい》しかった」

そして、お腹いっぱいになったら眠くなるよね……

目をショボショボさせて周りを見ると、ルネとリオネルはテーブルに突っ伏して眠り、リュシアンは腕組みをして目を瞑《つぶ》り、セヴランは背もたれに体を預けて顔を天に向けて寝ていた。

……あれれ？

「あれ？　みんな寝てるの？」

いやいや、ここ、街の外ですよ？　すぐ近くに森もありますよ？

私は苦しいお腹を摩《さす》りながら立ち上がり、リュシアンを起こそうとして……

「なっ……何っ？」

喉元に、剣先を突き付けられた。

「動かないでください」

アルベールの冷たい声と眼差し、そして……殺気を浴びせられる。

「アルベール……？」

「彼らは起きませんよ。ハーブティーに睡眠薬を混ぜましたから」

「なんで？　というか、どうやってリュシアンたちに薬を飲ませたの？」

「ハーブティーでしたから、薬の匂いが紛れたんですよ。それに、仲間に薬を盛られると思わなかったのでしょう。信頼を裏切ったようで心が痛いです」

アルベールは薄ら笑いを浮かべてそんな殊勝なセリフを言うが、誰も信じないよね？

そーっと顎をひいて視線を落とし、アルベールの握った剣の先を確認する。うん、間違いなく私の急所、喉元にピタリと突き付けられていた。

ここに来て、仲間から裏切られるとは思わなかったし、考えたこともなかった。

特にアルベールは、私はともかく、私の母であるアメリ様に対して強い思いを抱えているようだったのに……

うーん、あっ！　アルベールだけアラスの街に来て【鑑定】してないっ！

も、もしかしてあのときから、裏切ることを考えていたのかな？

でもでも、コイツ、ギルドカードに「アルベール・シルヴィー」と名前を刻んだはず……

「さて、しばらくは私とヴィーの二人きりです。正直に答えてください」

「みんなは……寝ているだけ？」

「ええ。傷つけるつもりはありませんよ。ただ、私が貴方《あなた》に確認したいことがあるだけです」

私に確認したいこと……一体、なんだろう……？

私はゴクリと唾を飲みこんで、恐る恐るアルベールに声をかける。

「聞きたいことって、なんでしょう？」

アルベールは、ぎゅっと剣の柄を握り、強い視線を私にぶつけて押し殺した声で尋ねた。

「貴方《あなた》は……誰ですか？」

「………へ？」

私は……私ですが？

しかし、アルベールは誤魔化《ごまか》しや嘘を許さないとでも言うように私を睨《にら》んで、剣を突き付けたままだった。

「なぜ、貴方《あなた》がチハロ国の料理を知っているのです？　それ以前にも、これまでの貴方《あなた》なら知らないであろうことを知っていることに疑問を持っていました。ただ、私が病に倒れている間に得た知識かと思い、知らぬ振りをしてきたのです」

はい……私も浮かれてやらかした自覚はあります。

「でも、チハロ国の料理を知っているのはさすがにおかしい。あの他国と没交渉のトゥーロン王国にいて、他国の文化や生活様式など知るはずがない。なのに……貴方《あなた》はよく知っている。なぜですか？」

前世で住んでいた国の文化と料理です……って、前世や転生の話を信じて理解してもらえるかな？

……いやいや、無理だよなぁ。

「貴方《あなた》はアメリ様の娘、シルヴィー様ではない？　私が不覚にもお側にいられなかった間に……成り代わったか？」

あーこれ、アルベールに偽物と思われてんのか……、こりゃ、ダメ元で正直に話すしかないのかな？　でもなぁ……信じてもらえないだろうなぁ。

どうしようかなぁ、と私は呑気に考えていたのだが、それが悪かった。

返事をしない私に焦れたアルベールが、剣先を喉に食いこませてくる。ギラギラした目つきはまるで、今にも私を射殺さん勢いだ。

「わかった！　わかった！　全部話しゅからっ！　シルヴィー・トゥーロンに起きたことも、私のことも全部話しゅから……」

ひいいっと声なき悲鳴を上げて命乞いをしたら、舌ったらずが再発した。

「嘘をついてもわかる。そして、嘘を話したとわかれば……」

ひぃーっ⁉　ここまで一緒に旅してきた私を殺すってか？

おかしいなぁ、私は幼気《いたいけ》な八歳のか弱い美少女なのに……くすん。

そうして、私たちはリュシアンたちをその場に残し、馬車の中で話をすることにした。

なぜか私の腕は縛られているし、首輪をつけられたけど。

いや、この首輪はなんなのよ？

「魔力封じですよ。タルニスの知り合いの細工屋で手に入れました。ちなみに、嘘をついたら首が絞まるようにしてあります」

……用意周到すぎない？

タルニスで買ったって……いつから私のことを疑っていたんだ！　この陰険エルフーっ！

おかしいなぁ……アンティーブ国では、わくわく冒険して美味《おい》しいものを食べまくるスローライフが、私を待っていたはずだったんだけどな？

ここに来て身内の裏切り、危ない尋問付きの死亡フラグ乱立祭りになるなんて、予想外だったわ。

馬車の中とは思えないゆったり寛《くつろ》ぎモードのリビングで、アルベールと対峙する、縛られ首輪を嵌められた外見美少女中身アラサーの私。カオスな状況だ。

前世の世界だったら警察案件だかんねー！

不満げに頬をぶうっと膨らませて、モコモコのラグの上に胡坐《あぐら》をかいて座ると、アルベールがふいと視線を外した。

「……女性がその座り方は……」

今さら淑女教育ぶってお小言言われても、知りませーん！

ぷいっと顔を背けて、私は密かに腹を決める。

ここまで来て、しかも魔力封じの魔道具まで持ち出されたら、全部正直に吐くしかないっ！

そうして、私はシルヴィーとして目覚めたあの朝からこれまでのことを、アルベールに語って聞かせたのだった。

◆◇◆

優しい色合いの部屋にしたくて誂《あつら》えた、可愛い木目調のテーブルに両肘をついて顔を伏せてしまったアルベールの姿を見て、私はほくそ笑んだ。

そうだよね？　普通の思考能力じゃ処理できないレベルの不思議ちゃんな出来事だよね？

ふわはははっ！　悩めっ、悩めっ、ざまあみーろ！

俯《うつむ》いたアルベールに見えていないことを期待して、私は舌をベロベロバーと出して挑発する。

「貴方《あなた》が嘘をついていないのは理解していますよ。魔道具が作動しませんでしたから……。そして、女性なのですから舌をお口の中にしまいなさい」

やべえ、見られていた。ベロベロしていた舌をサッとしまう。

「魂の記憶。前世の、しかも別の世界で生きていた記憶持ち……」

「そういう人っていないの？　異世界から来る人とか？　召喚しちゃうとか？」

「……召喚魔法は存在しますが、異世界などとは聞いたことありません。異世界と思われるところから渡ってきたと伝えられている偉人はいますが……信憑性はありません」

ふーん。でもチハロ国の料理って、まんま日本の食材だけど。異世界人とか転移とか転生とか関係なく、国の発展と同時に偶然似たようなものが生まれたのかな。

「チハロ国については、情報が不足していてわかりませんね。私がトゥーロン王国に侵入する前は、外交はもちろん人の行き来を閉ざしていました。もしかしたら、ヴィーのような人がいるかもしれません」

「うん。その人が元日本人だったら、もっと美味《おい》しいご飯が作れるかも！」

「それだけの貴重な情報があるかもしれないのに、欲しいのは料理の情報だけでよろしいのですか？」

「いいよ。あっちでよく読んでいた物語だと、いろいろ作ったり発明したりしていたけど、私にはよくわからない技術だし。美味《おい》しいご飯のほうが大事だもん！」

アルベールは、伏せていた顔を上げパチンと指を鳴らす。

途端、私の首に嵌まっていた重たい魔道具が、ガチャンと音を立てて外れた。

「気が抜けますね。まあ、もともとシルヴィーお嬢様は大人しく感情の揺れもなく……生きたお人形のような方でしたからね。そのままではあの国を出ることもできず、あのパーティーで儚くおなりだったかもしれません」

「そうねぇ。あの子の記憶も気持ちも混ざって今の私になったけど、ほとんど前世の私だもの。あの子の要素はすっごく希薄なのよ」

私は胸に両手を重ねて目を瞑《つぶ》り、ほんの少し残るシルヴィーの想いを感じようとする。でも胸に残るのは、あの屋敷の裏庭で母親とアルベールと見た、お花のことだけだった。

「それで？　アルベールはこれからどうすんの？」

「それは……ヴィーはどうしますか？」

「このままアンティーブ国を旅するわ。リュシアンたちと一緒にね！　安住の地を見つけたら、やりたいことをして、精一杯寿命が尽きるまで生きるのよっ！」

片手を天に突き上げて、勇ましく立ち上がる。

セヴランに問われて考えていたのよ、ずっと。アンティーブ国に来て、これからどうするのか？目的はあるのか？　望みはあるのか？

いろいろと難しく考えちゃったけど、出た答えはとってもシンプルなものだった。

私は、まだみんなと一緒にいたい。

それと……前世を引きずるようだけど、チハロ国の調味料みたいに懐かしいものを探して美味《おい》しいものを作って、みんなと食べたい。トゥーロン王国をやっと脱出できたから、みんなで一緒に住む家も欲しいわ。

朝は一緒に食卓を囲んで、昼は冒険者稼業でガンガンお金を稼いで、夜はまた私が作ったご飯をみんなで食べて、お風呂に入ってゆっくり眠るのよ。

「私……みんなと家族のように過ごしたいの、亜人差別のない、ここアンティーブ国で」

「ふふふ。それもいいですね。なら、私もお付き合いしますよ。なんせ寿命だけはいっぱいありますから、暇つぶしになるでしょう」

「……暇つぶし……」

人の人生に関わるのを暇つぶし扱いかよっ！　性格極悪エルフめっ！

「そもそも、なんでアルベールってお母様に仕えていたの？　わざわざあの国に密入国してまで」

私はテーブルの上に、前に作って【無限収納】にしまっていたクッキーと果実水を出しながら、そう問いかける。すると「ふむ」とアルベールは顎に手をやった。

「そうですね……私の話もしないと不公平ですかね？」

「これからも付き合ってくれるなら、ぜひ聞きたいわ」

ちなみにだけど、貴方《あなた》ってお母様の恋人だったとか……言わないわよね？

そう聞きたかったけど、それはやめておいた。

それからゆっくりと、アルベールは語り始めた。

アルベールは数少ないエルフの里の一つ、そこの族長の息子として生まれた。私の知っている物語の多くがエルフの長命と出生の少なさを描いているが、やっぱりこの世界でもそうらしい。

「だいたい長命種は出生率が低いのですよ。人族は短命ですが一番子供に恵まれやすく、その次に獣人です。そしてエルフ・ドワーフ・小人・巨人と続き、最も長命で出生率がわずかなのは、竜人・ハイエルフと言われています」

例外なのは魔族ぐらいです、とアルベールは丁寧に教えてくれる。

エルフ種のほとんどは気位が高く魔法が得意、スローライフ大好きで、里に生まれたエルフはほぼ里から出ないでその一生を終える。町で生まれ育ったエルフは、もう少し社交的らしいが排他的思想は持っている。

アルベールは里で生まれた癖に、好奇心旺盛の好戦的な性格で、エルフとしてはまだまだ子供の時期に親と喧嘩をして家を飛び出し、そのまま冒険者登録を済ませ冒険者稼業に邁進して……

「気がついたらAランクの冒険者となり、あちらこちらの国を訪れていました」

てへって照れ笑いしているけど、そんな簡単にAランクになれるわけがない。アルベール、恐ろしい子っ！

そして彼が里を出て五十年以上が経ち、ある日ふと、里に帰ることを思い立ったのだとか。

「なんででしょうねぇ。一緒にパーティーを組んでいた仲間の冒険者が亡くなって……ふいに里心がついてしまったんですかねぇ」

しんみり語るアルベールは何かを思い出すように顔を上に向け目を閉じた。

冒険者パーティーのメンバーには人族もいて、パーティーを組んだときはピチピチの十代でも五十年以上経てばヨボヨボになる。自分はこれから青年期を迎え、もっと危険な依頼も達成できるのに、仲間は一人欠け、また一人欠け……そして、残ったメンバーでパーティーを続けることも、メンバーを補充することもなく解散した。

気落ちしたまま里に帰って、激怒した父親たちにボコられて、お詫びに高ランク魔獣討伐をしてその肉を提供して……、そこで彼は気づいた。

「なあ、ランベールはどこにいる？」

里に帰ってから、愛しい弟のランベールの姿を見ていないことに。

自分と違って大人しく、本が好きで、古いものに興味があった、可愛い弟の姿をまだ見ていない。

出生率が低く、狭い里の中での婚姻が難しいエルフ族の兄弟は珍しい。それもあってアルベールは弟を殊の外可愛がったし、自分が自由気ままに里を離れられたのは、跡継ぎには弟がいると甘えていたからだ。

「は？　外に出た？」

しかし可愛くて大人しいちょっと弱虫な弟は、古いものへの興味が尽きず、とうとう外の世界の遺跡調査に飛び出したという。

「私に似たのだと、父や母、祖父母にまでお説教されましたよ……」

そもそもアルベールは、里帰りこそしたけれど、ここで英気を養って再び冒険者稼業に精を出そうと考えていた。そこで突き付けられた再び里を出る条件は、「弟を里に戻すこと」だった。

アルベールの親だってわかっている。アルベールにエルフの里を治めることはできない。むしろ、できたとしても、やめてほしい。まだまだ父親が現役だが、いずれはランベールに里を治めてほしいから、外の世界をほどほどに楽しんだら戻ってくるように、と伝言を頼まれたらしい。

「頼まれたのですがね……。ランベールが調査に行った遺跡というのは……ハイエルフの里跡だったのですよ……」

ハイエルフの里は秘境も秘境。今はその存在すら幻とされているハイエルフが隠れ住んだ里の跡を探す旅。アルベールは頭を抱えながら里を出て、弟を捜す旅を始めた。

「ハイエルフの里があると噂の森近くの村で、ランベールの目撃情報がありましてね」

なんでも、ヒョロヒョロした優男《やさおとこ》が危なっかしい足取りで森に入ったと思ったら、数ヶ月後に綺麗な女の人と一緒に戻ってきたという。

「女の人？」

「ええ。私も驚きました。あの朴念仁《ぼくねんじん》に綺麗な女の人。しかも森の中で出会うなんて、ね」

バチコンと私にウィンクしなくていいから、続きを話してよっ。

その村人の話を聞いたアルベールは、二人の足取りを追った。

ある町では宿屋の女将《おかみ》が可愛い恋人たちだったと話し、ある村の子供は優しいお兄さんと綺麗なお姉さんは仲良しだと教えてくれ、ある国の教会では神父が二人の結婚の誓いの見届け人になったと、にこやかにアルベールに告げた。

「その女の人がエルフならともかく、別種族の女性であれば子供を授かることはほぼ望み薄です。どう父親に言い訳をしようか頭を悩ませましたよ」

そして、ゆっくり旅を楽しむ二人にようやく追いつくかと思われたミュールズ国のある町で、悲劇が起きる。弟の伴侶となった女性が、たまたまミュールズ国を訪れていたトゥーロン王国の王に気に入られ連れ去られたのだ。

「でも連れられたのは女性だけ。ランベールの話は皆が口を噤む。調べたり脅したりしてようやく辿り着いたのは……共同墓地でした」

自分の妻が無理やりに連れ去られるのを黙って見ているバカはいない。

ランベールは妻を守ろうと抗い……殺された。

「今でも腸《はらわた》が煮えくり返り、血が沸騰するほどの想いです。でも、私は連れ去られたランベールの妻を救出しようと、ミュールズ国から連合国タルニスへ入りトゥーロン王国へ。身分を偽り王宮に忍びこみました……」

なんとか王宮の離れに閉じこめられた弟の妻の側に仕えることができたアルベール。彼の目に映ったのは……

「お人形のようでしたよ。なんの感情もないお顔で静かに座って……どこか遠くを見つめておられました。話しかけても反応はしません。美しい人形のような方でした……アメリ様は」

「お、母様？」

アルベールは私を慈愛の籠もった瞳で見つめ、こくんと頷《うなず》いた。

王宮から離れた小さな屋敷で、夜中にこっそり元のエルフ姿のままアルベールがお母様に会いに行くと、お母様は静かに涙を流したそうだ。

呟くように「ごめんなさい。ごめんなさい、ランベール」と謝って泣いたという。

「私たちは兄弟で、よく似た容姿でした。表情が全然似ていないので見分けはつきましたけどね」

そうして、アルベールはトゥーロン王国を去ることもできず、お母様に寄り添い静かに暮らしていると、母の妊娠に気づいた。

「私が屋敷に勤めてから王が訪れたことはありません。その前かもしれませんが……もしかしたらとも思いました」

それって、私があの父親の子供じゃなくて、ランベールさんとの子供、ってこと？

アルベールは自嘲気味に口元を歪めて首を横に振ります。

「わからないのですよ。貴方《あなた》はあまりにもアメリ様に似ていて。あの男の子供なのか、ランベールの忘れ形見なのか……」

生きた人形のような母の態度からは、誰の子供を授かったのかわからなかった。それに母は段々に人としての感情が希薄になっていき、その後出産して、私を胸に抱いても、反応はなかったそうだ。

「でも、エルフって出生率が低いんでしょ？　だったら人族の王様の子供じゃないの？」

「どうでしょうねぇ。それはアメリ様が人族だったらっていう前提ですから……」

「へ？」

「アメリ様はもともと、子供ができにくい種族です。相手が人族でもエルフでも変わらないぐらいに希少種で……」

「ちょっ、待って！　待って待て！　私のお母様って……」

「だからその金の瞳は他人に晒さないようにと注意したでしょう？　その瞳はハイエルフの特徴ですよ」

は？　はい……ハイエルフーっ!?

自分でも特殊な生き物だという自覚はあった。だって、異世界転生の前世記憶持ちチート能力ありときたら、特別感が満載でしょ？

でもまさか、人族じゃないとは思わなかったし、ましてや希少種のハイエルフだとは思わなかった。

この地味な茶色のボサボサ髪の貧相な少女が、世界が認める美形種族のハイエルフなの？

もしそうなら、作画監督出てこいーっ！　文句の一つも言いたいわっ。

自分の種族と現実のギャップに苦悶している私を、アルベールは静かに見つめる。

「本来なら生まれたときからエルフの外的特徴が出るはずですが、アメリ様もヴィーもエルフの身体的特徴はほとんど見られません。その金眼もハイエルフを知らない者は気づかないでしょう」

「そうね。私、エルフって全員耳が尖っていると思っていたもの」

「ハイエルフとして覚醒すると本来の姿に変わるそうですよ？　まるで羽化みたいですね」

ハイエルフに覚醒って、何をもって覚醒とするんじゃい。すでに私は規格外チート能力持ちなのに、これ以上の力はノーサンキューです。

「私もハイエルフに詳しいわけじゃありません。ランベールの学説を流し聞いていただけですので。今はもう少し真剣に聞いておけばよかったと思いますけどね」

「ちなみにハイエルフって……どんな感じ？」

私の小さな頭には、エルフより能力がすごそうってイメージしかないです。

「そうですね。長命種で魔法は属性も量も桁違い。あとは、感情の揺れが少ない種族です。長い間生きる者は、魔族のように刹那的な享楽に生きる者や、竜人のように護ることに価値を見出す者とさまざまですが……」

「ハイエルフは？」

「……内に籠もる者。外界に興味などなく、ただ長い時を揺蕩《たゆた》うように生きるのです。それゆえに魔族などからはアンデッドと揶揄《やゆ》されることもあります。竜人からは魂のない者と……」

「まんま人形じゃない。私のどこにそんな要素が？」

私はアルベールに首を傾げて尋ねる。

言いたくないけど、私って喜怒哀楽ダダ漏れの雑草根性バリバリよ？

前世アラサーで退場しているんだもん、せめて今生は無事に老後を迎えたいよ。

「ですが、アメリ様もそのような方でした。もしかしたら、ハイエルフは何かを得ることで魂が、感情が宿るようになるのかもしれません」

「それが覚醒？」

アルベールは痛ましげに首を横に振って否定した。

「アメリ様はたぶん、ランベールと出会い感情を得たのでしょう。それでも真の覚醒はしなかったと思います。そしてランベールを失いすべてを諦めてしまったのか……。ハイエルフが流行病で死ぬことなどあり得ないのに」

「ああ、だってお母様は呪われていたから」

「えっ⁉」

あ、まだアルベールには、お母様が呪われていたこと話してなかったっけ……

「あは、あははは」

「笑って誤魔化《ごまか》すな！」

鬼のように顔を怒らせたアルベールに、びゅっと首を竦めて身を縮こませた。

結局、アルベールからの尋問に耐えられず、包み隠さず知っていることをゲロりました。ううっ、怖かったよぅ。

「つまり私も呪われていたのですね？」

「アルベールは直接呪われてたんじゃないよ。お母様の呪いの余波だったんじゃないかな？」

アルベールは考えこむように顎に手をやる。

そういえば、そろそろ外で眠っているみんなを起こさない？　馬車の中で密談を始めてから結構時間が経っているのよね。

「ふぅ……そうですね。まあ、アメリ様を呪ったのは第三妃のベアトリスでしょう。あの女は昔から自分の息子ユベール王子を王にしようと画策していましたから。あのころ、王はもう第一妃のジェルメーヌ様とは没交渉で、第二妃のアデライド様は王にまったく関心がなく、あの女も油断していたでしょうし」

「そこに邪魔者なお母様が、わざわざミュールズ国から連れられてきた？」

「ええ。しかも妊娠して王女を産んだ。そのままにしておくと次は王子を産むかもと……安易に考えたのでしょう」

それだけで呪うって発想が激怖ですけど。女の闘い、後宮の闇……私はブルブルと体が震えて両腕で自分の体を抱きしめた。

「で、その呪いの余波を私が受けたのは……アメリ様が愛していたからでしょうか？」

「はあ？」

何言ってんのコイツ……うぬぼれすぎか？

思わず眉間に皺を寄せた私を見たアルベールは、微笑んでから、首を横に振った。

「違いますよ。私ではなく私の姿、つまりランベールのことです。第三妃が呪ったのはアメリ様とアメリ様の愛する者……つまり貴方《あなた》が道連れになるはずだったのでは？」

「げえっ！」

何、その知らない間に立てられていた死亡フラグは！

たしかにお母様と私が一緒に死んだら、あの第三妃は安心するだろうね。お母様の美しさにメロメロだった王が、その母の生き写しのような私を溺愛したら……とか浅はかに考えたのだろうね。

「貴方《あなた》もすごい妄想しますね。実際はジェルメーヌ様がアメリ様のことを気にかけていらしたので、第一妃の勢力を削ぐ目的もあったのかもしれません」

「勢力？」

「王太子の指名に必要なのは王の決定ですが、直系王族の半数以上の反対で選考のやり直しができるのです」

うーん、つまりユベールのバカが間違って王太子に指名されても、第一妃の息子であるヴィクトル殿下とその妹のリリアーヌ様が反対し、第二妃の子供であるフランソワ殿下とジュリエット様……お二人のどちらか一人が反対すれば……私の票で決まるのか。

「なんで、私ってばこんなに死の危険ばっかりあるの……？」

ほとほと嫌になるんですけどぉ、私はまだ庇護されるべき子供ですけどぉ。トゥーロン王国ではよくて政略結婚の飼い殺しで、運が悪かったらあのパーティーで殺されているところだった。

なんならその前に、お母様と一緒に呪い殺されていたかもしれなかった。

命がけの国外脱出が成功しても、連合国タルニスでトゥーロン王国の人間とわかったら、私刑でどうなっていたかわからない。

やっとアンティーブ国に逃げてきて、さぁ冒険者稼業とスローライフだぜぇ！　と楽しみにしていたら、こんな唐突に出生の秘密を聞かされる八歳の少女……過酷すぎる！

「はぁ……安穏《あんのん》と生きたいわ……」

ぺしゃんとテーブルに顔を突っ伏す私の頭を、アルベールが優しく撫でる。

「ちゃんと私が護りますよ。たとえヴィーがあの男の子供であっても関係ありません。貴方《あなた》と私たちはもう家族なのですから」

「……うん」

本当はアルベールにすべて話せてホッとしている。前世のこと……もう隠さなくていいやって。お母様の呪いのことも、アルベールに黙っていたことはもうない。私はゆっくりと目を閉じて、アルベールの頭なでなで攻撃を堪能することにした。

……目覚めたリュシアンが馬車の扉を力強く叩くまでの短い間だったけど。

◆◇◆

どこまでも続く畑と木々。

朴訥《ぼくとつ》でよく働く領民たちの顔には、いつもの笑顔はなく、不安と焦燥が見て取れた。

あれほどお祖父様がまとめ上げていたジラール公爵領が、まさかこんな呆気なく崩れ落ちていくなんて……

俺の祖父が治め、母が育ったジラール公爵領はすでに敵の手に落ちていた。

細く長く息を吐く。

気持ちを切り替えよう。

俺はこの地を忘れない。必ず、この国の頂に就いたときには、お祖父様たちが夢見た国を造る、造ってみせる。

そのためにも……今は、この地を去ろう。次に訪れるときは、国に安寧《あんねい》を齎《もたら》す者としてか、血に染める侵略者としてかは、わからないが。


リシュリュー辺境伯が迎えにと寄こしたのは、飛竜騎士の小隊だった。

見慣れた騎士の顔を見た途端、肩の力が抜けたのがわかる。

飛竜の背に乗って辿り着いたのは、幼いころにお祖父様に連れられ妹と訪れたリシュリュー辺境伯邸。

あのころと何も変わらない屋敷、騎士団の熱気。ただ辺境伯一家の顔ぶれが少し変わっていた。

「久しいですな、殿下」

「しばらく世話になる。もう殿下ではない、ただのヴィーだ。それより……ベルナールも、久しぶりだな」

「お久しぶりです。ミゲルが手に入れてくれた姿変えの魔道具のおかげで、こうして皆様の前に出られるようになりました」

ニコッと笑うリシュリュー辺境伯の長男ベルナールは、生まれつき病弱で屋敷の奥深くでひっそりと過ごしており、次期辺境伯は次男が継ぐことになると王都では噂されていた。

そして、俺が初めて会った奴隷ではない獣人だ。

ベルナールに促され、俺たちは屋敷の中へ歩を進める。

俺は幼いころの記憶と答え合わせをしながら屋敷の中を歩いた。

昔、祖父と一緒に案内された応接室で、改めてリシュリュー辺境伯の者たちと顔を合わせた。

「ひととおりのことはロドリスからの便りで。むしろ王宮内のことは、ヴィー様はご存じないとか？」

「ああ。そうだな。俺を含めた王族の死亡が民に伝えられたのと、陛下が病気でユベールが政務を行《おこな》うことになった……ぐらいしか知らない」

辺境伯の話を聞きながら、淹《い》れてもらった紅茶の香りを楽しみ、ゆっくりと口に運ぶ。

「残念ながら、陛下は幽閉され、ザンマルタンの奴らの手中に。ジラール公爵たちは、あのパーティーでほぼ壊滅です。第二妃の実家ノアイユ公爵家の当主と嫡男《ちゃくなん》は同じくパーティーで凶刃《きょうじん》に倒れています」

「ノアイユ公爵領地を通り過ぎたが、後継争いをしているようには見えなかったな」

そう、ジラール公爵領地でさえ、あんなにも醜い様に成り下がったというのに、ノアイユ公爵領地は何も起きていないかのようだった。

「ノアイユ公爵の弟がすんなりと後を継ぎました。とくに揉めてもいませんね。あそこはザンマルタン家とはいい感じに距離をとっていますので、未だに中立派を取りまとめています」

「だが、アデライド妃とジュリエットは陛下と同じように幽閉されているのでは？　ノアイユ公爵家にとっては人質ともなるだろう」

俺の言葉を聞いて、リシュリュー辺境伯たちの顔に痛みが走ったように見えた。

「それについては、もう一つの報告と関係がありまして……」

もう一つの報告、とは、奴隷解放された王宮の亜人奴隷たちのことだった。

「獣人や小人、巨人族、ドワーフなどは逃げることを優先しましたので、かなりの人数を保護することができたとロドリスからも報告を受けています。しかし、エルフ族は逃げることより報復を選びました」

「何?」

「彼《か》の者たちは自尊心が強く、奴隷の身に堕とされたのが許せなかったのでしょう。逃げるよりも王族に報復することを優先し、その大多数が騎士たちによって……」

「しかし、エルフ族は奴隷と言っても獣人たちと違って下働きとかではなかったぞ?」

エルフ族は見目が麗しいこともあって、観賞用としてベアトリス妃やアデライド妃が競うように仕入れていたはずだ。

その扱いは下働きの奴隷よりはよかったと思うが……、手入れはお金もかかって大変だとフランソワたちが愚痴っていたからな。

「扱いの良し悪しは関係ないですよ。ヴィー様も自身が奴隷に堕とされたら扱いが上等でも屈辱でしょう? エルフ族もそうです。その報復先が第二妃のアデライド妃とジュリエット王女様へ」

「まさか?」

「いいえ。命に別状はないそうですよ。ただ……意識がなく、お顔にも酷い傷が……」

それは、美を貴《たっと》ぶノアイユ公爵家としては……死ぬよりも辛いお立場になられたとしか思えない。

「そうか……。不甲斐ない兄だな。弟も妹も守れない……」

両拳をギュッと握って俺は決意を新たにする。

そう……、俺は王座を取り戻すのだ。そのためには、血を分けた姉弟であろうとも、父親であろうとも、この剣で首を刎ねなければいけないのだ。


リシュリュー辺境伯との情報共有を終えた俺たちは、辺境伯一族の勧めもあって、数日程度滞在し、国外脱出の準備と戦力の補強、情勢の把握に努めることにした。

俺自身もトゥーロン王国最強と謳《うた》われるリシュリュー辺境伯本人に剣の稽古を頼み、市井《しせい》の暮らしに紛れこむために市民生活の勉強にも励んだ。

お金の使い方、洗濯や食事の準備、他国での各ギルドの立場、亜人の種族と特徴など。自分が何も知らない子供であることを知って恥じる時間もないほど、詰められるだけ詰めこんだ。

そして知れば知るほど、トゥーロン王国だけでミュールズ国を排除することの難しさを痛感し、俺たちは他国に助力を申し出ることを決めた。

その国は、ミュールズ国と同じく大国である、アンティーブ国だ。

アンティーブ国へと渡るルートも、リシュリュー辺境伯の力で確保することができる。

ただ……アンティーブ国の中枢へ橋渡しをしてくれる人物がいない。だから無事にアンティーブ国へ渡れたとしても、何もできない可能性がある。

それでも、このままトゥーロン王国に潜んでいれば、いつかユベールの追手に気づかれるかもしれない。

準備を終えた俺たちは、出国を決め動き出すことにした。

「なぜ？　ベルナールが……」

アンティーブ国への旅立ちの日、旅装姿のリシュリュー辺境伯の長男、ベルナールがニッコリと笑顔で俺の前に現れたのだ。

「私も殿下とともにアンティーブ国へ行きます。足手まといにならぬようにいたしますので、なにとぞ」

「ああ。しかし、危険で、あてもない不安定な旅路になるが……」

「かまいません。それに、アンティーブ国には、母の知り合いがいるかもしれませんから」

ベルナールが目を伏せるのを見て、彼の母親がトゥーロン王国に連れられてきた獣人奴隷だったことを思い出した。

最終的に、ここまで一緒だった熊獣人のジャコブはリシュリュー辺境伯のもとに残り、他の戦闘に向いている獣人もかなりの人数とここで別れることになった。

アンティーブ国に行くには、いささか戦闘力に不安があるメンバー編成だ。

「たしか……ベルナールは魔法も使えるんだったな」

「はい。攻撃魔法はもちろん【防御】も張れます。剣もそれなりには」

俺は結局、ベルナールの同行を認めた。不足している戦力を補うことと、アンティーブ国で会えるだろうベルナールの母の親族に、国の中枢とのパイプ役を期待したというわけだ。

まさかベルナールに、俺やリシュリュー辺境伯たちに隠している目的があったとは知らずに。

◆◇◆

アルベールと二人で馬車の中に籠もり密談していた私は、馬車の扉を激しく叩くリュシアンから拳骨と小言をもらっていた。

曰《いわ》く、魔獣がいる外に眠った仲間を放っておいたこと。

曰《いわ》く、護衛の自分が眠ったときに起こさなかったこと。

曰《いわ》く、防御の魔道具をむやみやたらと使わないこと。

……すべて、アルベールがやった悪いことですけどぉ。なぜ私だけ？　解《げ》せぬ。

でも、アルベールはリュシアンの怒りには知らんぷりで帰り支度をしているし、セヴランはなんか泣き叫んでいて、リオネルがそのセヴランの背中をバシンバシン尻尾《しっぽ》で叩いていて、ルネは私たちとリオネルたちの間でどうしようと、困惑している。

「おい、お嬢。聞いてんのか？」

「ううーっ、聞いてるわよっ。ごめん、ごめん、ごめんなさーい！　それより、セヴランはどうしたの？」

私の適当な謝罪にリュシアンがくわっと目を見開いたが、彼もセヴランの奇怪な行動を気にしていたのか、やれやれとため息をついて教えてくれた。

「ああ。起きてすぐにゴブリンを見つけてな。あれは見つけしだい討伐対象だから、討伐証明をセヴランに取らせているところだが……」

「ふう〜ん」

私はリュシアンの体で遮られてよく見えなかったから、ひょいと首を伸ばしてセヴランたちの様子を覗《のぞ》く。うん。なんか倒れているね！　大きさは私よりやや大きいぐらいかな？　っていうかゴブリンってやっぱり肌は緑色なのね……

討伐対象の魔獣魔物としては弱いから、リュシアンたちなら楽勝だっただろう。

「で、セヴランはなんで泣いてんの？」

「ゴブリンの討伐証明が耳だからだよ。耳を切り取るのが嫌だって文句言いやがって」

リュシアンはちっと舌打ちして教えてくれた。

おいおい、ちょっと待ってよ！　あんな緑色しているけどゴブリンって二足歩行の魔物だよね？　身体的イメージはほぼ人族ですけど？　討伐対象としてそいつの耳を切り取るの？　なにその、猟奇事件。

「げえっ」

「お嬢も嫌なのか？　慣れるために今、やってみるか？」

「え、嫌よ。なんでそんな罰ゲームやらなきゃいけないのよっ！」

「いやいや、お嬢。アンティーブ国に来たら冒険者として生きる、って言ってたろう？」

なに、リュシアンってば不思議そうな顔してんのよっ。普通に嫌でしょ？　レディがゴブリンの耳を嬉々として切り取っていたら、そいつはサイコパスだわ。

セヴランの泣き叫んでいる状態が正常なのよっ！

あ、ちょっと待って、リオネルを呼ばないで。私はゴブリンの耳が切りたいとか言ってないから！

わー、リオネルの可愛いあどけない顔が鬼教官みたいな鬼気迫る顔に変わっているぅ……って、止めてよ！　私はやらないわよ！

「……やる？」

「ぎゃーっ！　助けてーっ！」

その後しばらくリオネルと追いかけっこになり、【身体強化】と風魔法を使いまくって逃げ、最後にはルネに助けてもらった。ルネが腰に手を当てリオネルを「めっ」って怒ってくれて、代わりに耳も切ってくれた。

「ちょっと、ヴィーさん。ゴブリンの耳が入った革袋をこっちに投げないでくださいよ！　私は持ちたくないです！」

「私だって嫌よ。ぐにゃってするのよ。セヴランが持つのが嫌なら、リュシアンに渡してよー」

耳を入れた袋をセヴランと押し付け合っていたら、アルベールに雷を落とされたのは、その数分後の話。

冒険者の依頼を終え街に戻った私たちは、冒険者ギルドでゴブリンの討伐報告をしたあと、帰り道に狩った他の魔獣を買取窓口に出した。処理をしている間、リュシアンとアルベールが真面目な顔で何かを話していた。

「どう思う？」

「どうって……特別異常とは思わないですね。たしかにあそこでゴブリンは珍しいですが」

ふむ、なんだろう？　気になるな。

「ねえねえ、なんの話？」

決して、待っているのが暇だから、二人の会話に首を突っこんだわけではない。危機感を大事にする、これ冒険者の常識だから！

私は二人から、あの場で不可解に感じたことを丁寧に説明してもらった。

つまり、あの場所でゴブリンが、たとえ数匹とはいえ徘徊していたのが不自然だということなのね。あの場所の近くに森こそあれど、狭くて小さい森だから魔獣や魔物が棲むメリットはなく、特に二足歩行の魔物は居つかない場所らしい。

「でも、山もあったよ」

ルネが言うとおり山はあったが、子供でも登れそうな小さな山だった。

「もしあの山に洞窟があったら、ヤバいな」

リュシアンとアルベールが、難しい顔をして腕を組む。

「どうして？」

「ゴブリンは森の中に巣を作って生活する。そして集団の中の一部が時折さっきみたいに、偵察のために徘徊してるんだ」

「ゴブリンってそんな知能ありましたっけ？」

リュシアンの説明にセヴランが首を傾げて問う。

たしかにゴブリンは知能が低くて難しいことはできないから、基本的に他者を警戒することなどしないと言われている。

私は嫌な予感がしてごくりと喉を鳴らした。

「知能はない。だが、巣の中で上位種がゴブリンに指示を出していれば、ただのゴブリンでも知能のある動きをするようになる」

リュシアンが不快げに眉根を寄せれば、アルベールも眉間にシワを刻む。

「そんなゴブリンがいるとなれば……すでにゴブリンの巣ができているかもしれません」

「小さい森に巣ができればすぐに見つかるはずだ。でもそんな報告はないらしい。なら、あの山のどこかに洞窟があって、その中に巣ができているのかもしれないな」

あのぅ……そのゴブリンの巣ができていたとして、私たちになんの関係があるのでしょうか？

私とセヴランが同時にすーっと二人から視線を逸らした。

リオネル、そんな期待を込めたキラキラした眼で二人を見るんじゃありません。

ルネも、可愛い女の子がにぎにぎ拳を握りしめるんじゃありません。

「ああ、ほら。ちょうど査定が終わったみたいよ？」

魔獣を売却したお金をもらって、屋台で甘いものでも買って宿屋に戻りましょう。ゴブリンの話はもうおしまい…………って、あれ。なんでリュシアンが私の腕を掴んでギルドの受付に行こうとしているんですかね？

セヴランもリオネルとルネに手を握られて……というより、あれは拘束されていると言ったほうが近いかもしれない。

ああ、アルベール、ギルマスを呼ぶのは止めて！

なんでお前ら、そんなにゴブリン討伐にやる気なんだよーっ！

◆◇◆

アラスの街で初めての冒険者活動をした翌日。

私たちはセヴランの機嫌を直すために、彼の希望だった身だしなみを整えるためにお店巡りをしていた。

昨日、冒険者ギルドでアルベールたちが「ゴブリンの巣」の兆候をギルマスに相談したところ、ギルドの職員が調査に派遣されることになった。

その結果によっては、私たちはゴブリンの巣の掃討作戦に参加するかもしれない……とのこと。

マジで嫌だ……

私とセヴランはゴブリン討伐参加に反対しまくったのだが、世の中には数の暴力というのがあって、多数決で負けました。

それからずーっと陰鬱な雰囲気を纏《まと》い、無口になっているセヴランの気持ちを少しでも上昇させるために、今日は冒険をお休みしてショッピングを楽しむのだ！

ちなみにセヴランは、両側に洋服や装飾品のお店が立ち並ぶエリアに来てから、目を輝かせて品物をあれこれ物色している。

「あれは買い物をする客の目じゃないですね」

「ああ……。ありゃ、商人の目利きだなぁ」

アルベールとリュシアンが、セヴランの様子を遠巻きに見てひそひそと話す。

もともと連合国の一つ、ロゼッタの大きな商会で働いていたセヴランの担当は、洋服や装飾品の類だった。その名残なのか、さっきから男女を分けることなく、衣服の生地の確認やデザインの批評、宝石の産地や加工師の名前の確認に熱心だ。

「別に私、アンティーブ国で商売するつもりないけど……」

そりゃ、セヴランがどうしてもお店をやりたいなら応援するけど、せめてみんなで安心して暮らせる安住の地を探してからにしてほしいなぁ。

「あ～素敵ですねぇ、このドレスの生地。レースも絶品ですぅ。あ、このカフスボタンの宝石は――」

あのさぁ、身だしなみを整えるのは賛成だけど、私たち冒険者だからね？　舞踏会や夜会に参加する貴族じゃあるまいし、そんな上質な服とか買わないよ？

セヴランに呆れた視線を向けている私やアルベールはまだいいよ。

ルネとリオネルは退屈して、あっちにウロウロ、こっちでキョロキョロと忙しない。引率のリュシアン先生がいなかったら、二人とも即迷子だね。

「ヴィー。とりあえずセヴランとは待ち合わせ場所と時間だけ決めて、別行動にしましょう」

「そうだね。普段着と髪を整えるお金だけセヴランに渡しておくわ」

アルベールの提案に賛成して、私たちは待ち合わせ場所を商業ギルドの前に決めて、別々にお昼ご飯を食べ、午後のお茶の時間に集合することにした。

「ヴィー、どこに行きますか？」

「ここは少しお値段がお高めだから、もうちょっと庶民的な店構えの通りに行くわ」

アルベールが私と一緒についてきて、リュシアンは子供二人を腕に抱えながらのしのしと別の道を歩いていく。

「俺はこいつらになんか食わせておくからー」

こちらを振り返り、ニカッと笑ってそう告げると、リュシアンはすたこらと行ってしまった。

「まず、洋服を買いますか？」

「……いえ、髪の毛を切りたいわ」

いい加減、もっさり前髪が邪魔です。

さあ、イメチェンしましょうか！

約束した午後の時間、私とアルベールは無事に商業ギルドの前に辿り着いた。私たちが着いたときには、リュシアンたちはすでに待ち合わせ場所に来ていた。

ふむ、どれどれリュシアンたちのファッションチェックをしてみましょう。

まずリュシアンは、伸ばしっぱなしであちこちにピンピン跳ねていた銀色の長髪を背の半ば辺りで切りそろえ、少しサイズの大きかった生成りのチュニック姿から、スッキリとしたデザインの綿の白シャツと黒い革のピッタリズボンにお着替えしています。

膝下までの黒の革ブーツに、帯剣ベルトも黒い革に銀色の刺繍《ししゅう》が入ったものに替えて、指なし手袋も黒い革製で、ほぼ全身真っ黒だな。

ルネは黒いくせ毛をショートカットにして、白いパフ袖のブラウスに黒のキュロットスカートに着替えている。キュロットスカートは膝丈で、膝下までの黒い編み上げブーツを履いている。びっくりするぐらい可愛いよ。

リオネルは、さすがに白虎の姿に戻るわけにはいかないので、ルネと同じくニャンコ姿のまま。でも白に黒のメッシュが入ったくるくる巻き毛をスッキリ短くさせて、白い長袖の綿シャツに黒の長ズボンを穿き、膝下までの黒い革ブーツに黒い革のベストを身に着けている。こちらも、子供が背伸びしておしゃれしています感がなんとも可愛い。

うむ、全員合格である。

「よぉ。お嬢……そんな顔だったのか」

「そんな顔って、どんな顔よ」

リュシアンの間抜けな発言に、思わず苦笑が漏れた。

こちらもファッションチェックを。まずはアルベールから。

アルベールはエルフの姿を隠しもせず、麗しき顔をこれでもか、と披露している。ツヤツヤストレートの金髪は、ゆるく一つに革紐で結んで左肩から前に垂らし、耳には小さな輪っか型の金のピアス、ちょっとヒラついたベージュのシャツに茶色のズボンを身に着けている。帯剣ベルトは緑色で金色の刺繍《ししゅう》が入っていて、革ブーツはみんなよりちょっと長くて膝上まで。

アルベールが洋服店の試着室から出てきたとき、その美々しい姿が眩しくて目が潰れるかと思ったわ。

そして、私は茶色の長い髪の毛をバッサリ切りました！

もっさい前髪は眉のところで切って、左サイドに流している。背中を覆うくらい長かった後ろの髪は、肩を覆うぐらいの長さにしてもらった。もうすっっごく頭が軽いの！

洋服はアルベールがチョイスした青色の膝丈エプロンワンピースと茶色のショートブーツ。金瞳《きんどう》は死んでも隠すつもりだから、変身魔道具改良型のブローチで茶色に変えたままです。

「……お嬢。スカートで冒険者稼業はちと……」

言い淀むリュシアンの気持ちは痛いほどわかる……が、これを選んだのはアルベールだ！

「大丈夫、大丈夫！　これの下にはちゃーんと短パンを穿いて……」

ぴらりんとスカートの裾を持ち上げて中を見せようとしたら、アルベールとリュシアンの両方からべちんと頭を叩かれた。

「「ダメ！」」

はい、すみません。

その後、遅れてきたセヴランの姿がまったく何も変わってなかったので、みんなでズルズル引きずりながら店を回り、奴の身だしなみもキチンと整えました。

セヴランは明るい茶色の髪をちょっと長めの短髪にしてセンターパートで分けました。

柔らかい質感のミントグリーン色のシャツに、茶色の細身のズボンと茶色の膝下までのブーツ。

嫌がるセヴランの腰に無理やり赤い帯剣ならぬ帯鞭《むち》ベルトを着けて完成！

ああー、お腹減ったよ。

セヴランのせいで午後のお茶の時間を取り損なってしまったじゃないか！

「まあまあ、遅くなりましたがお茶とお菓子でも食べて帰りましょう」

アルベールの提案に子供組は「はーい」と元気に答える。

「……くっしゃん！」

突然のくしゃみで出た鼻水を啜《すす》る私に、リュシアンは心配そうに屈んで、視線を合わせてくる。

「お嬢、風邪か？」

私はこてんと首を傾げた。うーん、体調は万全だし、なんだったら自分で調合したポーションの試し飲みをしているから、健康優良児のはずだけど。

「髪の毛を切ったから、頭が寒いのではないですか？」

セヴランがなかなか失礼なことを言ってくれたので、脛《すね》をこつんと蹴っておいた。

「さあさあ、早く行きましょう」

「はーい」

アルベールの声に私はその場を駆け出した。

まさか、私の生存を疑ってトゥーロン王国の宰相たちや、ミュールズ国の前国王と現国王がそれぞれ追手を差し向けていたなんて、このときは想像もしていなかったのだから。

第四章　ビビリなみそっかす王女、ゴブリン退治をしました

ああ、現実逃避したい。この現状を正しく把握したくない。

私、冒険者なりたてのヴィー・シルヴィーは、目の前に広がる緑の海とこんもりした丸い山のフォルムを眺め、ため息ばかりをついている。

ちなみに、私の隣に腰を下ろしたセヴランも、遠い目をして同じようにため息をついているわ。

アンティーブ国の港町アラスに滞在しながら、それなりに冒険者活動をしつつ、買い物だったりのんびり過ごしていた私たちに、昨日、冒険者ギルドから招集命令が出された。

茶色の髪をアルベールにハーフアップに結ってもらって、まだ見慣れない茶色の瞳を鏡越しに見てから、宿屋を出てゆっくりと冒険者ギルドへ向かう。

冒険者ギルドに着くまでは招集について訝《いぶか》しむことはなかったけど、ギルドマスターの執務室に入った瞬間に、なんだか怪しくなってきた。

だって、呼ばれた理由はゴブリンの巣があったかどうかの報告のはずなのに、そこには厳しい顔をしたギルマスと、背の高い細身の男性が重い空気を背負って待っていたんだもん。

話を聞いたところ、調査の結果ゴブリンの巣が見つかり、そのゴブリンの巣の掃討作戦に参加する冒険者パーティーを集めようとしたのだが、目ぼしい冒険者パーティーがいなかったのだとか。

ゴブリン退治の依頼は、悪臭を我慢して討伐するも素材の旨味はなく、稀に採れる魔石もクズ同然という外れ枠で、冒険者たちは積極的に受けたがらないらしい。

……結果、私たちしかいないんだとか。

ちょっと、私たちほとんどFランク冒険者だし、つい最近冒険者登録したばかりですけどっ！

「まさか、私たちだけでゴブリンの巣の掃討をするとはね……」

「冗談であってほしかったです……」

結局、私たちはギルマスの執務室から出て、そのままゴブリンの巣の掃討に赴くことになった。

今はゴブリンの巣が作られている洞窟に行くために、森の手前で装備や作戦の最終確認中です。

アルベールとリュシアンが、アラスの街の冒険者ギルドから唯一ついてきた細身の男性と一緒に、真剣に話し合っている。

この森の規模は小さく、前世の記憶と比べるならばちょっと広い自然公園ぐらい。洞窟のある山は、遠足で子供が登れるくらいの小山だ。

その洞窟の中には、小規模から中規模に成長する途中のゴブリンの巣があるらしい。ギルドの調査員が調べた結果、ゴブリンの上位種も何体かいるらしい。

「ゴブリンジェネラルだって」

「ゴブリンキングよりはマシだろうと言われました」

ゴブリンだって数多くいたら脅威だろうし、臭いし、気持ち悪い。うじゃうじゃいるゴブリンを討伐するのも気が重いのに、私たちだけで掃討後の巣の始末もつけなければならない。

そんな面倒な依頼なのに……

「なんで正式なギルドの依頼じゃないのよ……」

「報酬だって、馬とポーションだけで、金銭は微塵《みじん》もなしですし……」

私とセヴランの愚痴が止まらないわ。

まったく、ゴブリン退治なんて骨折り損のくたびれ儲けだ。ただ普通と違って、今回はちょっと事情があるらしい。

ギルマスが言うには、こういったゴブリンの巣の掃討の依頼をギルドに出すのは、普通は領地内にいる領主らしい。

しかし、今回巣があるのはアラスを治める領主の領地ではなく、隣のゴダール男爵の領地なんだって。しかも今、ゴダール男爵は後継ぎ問題で揉めており、どこの領地とも音信不通の陸の孤島状態に陥っているらしい。

冒険者ギルドは国を越えた組織なので、そんな問題とは関係ないはずなのだが、ヴァネッサ曰《いわ》く「男爵領の冒険者ギルドが正常に運営されていない」とのこと。

今回のゴブリンの巣のことも報告はしているが、音沙汰なし。男爵領に行ったギルド職員は街に入れず、門兵とも思えない粗野な男どもに攻撃され、怪我を負って戻ってくる始末だったとか。

だからといって、ゴブリンの巣を放置するわけにもいかないので、苦肉の策で私たちに内密に片付けてほしい……ということなのだ。

しかも正式な依頼だと問題になるので、私たちが旅をしている途中、たまたまゴブリンに遭遇して討伐し、たまたまゴブリンの巣も見つけて掃討する……って流れでお願いされた。

冒険者ギルドからの正式な依頼ではないので、金銭による報酬は支払われない。でも、欲しいものとして「馬」と、私がまだ上手に作れない「解毒ポーション」数種と、冒険者が野営に必要な必需品をリストアップしたら、それは報酬としてもらえることになった。

馬はそれなりに高値かもしれないが、ゴブリンの巣の掃討依頼にしては低額な報酬だろう。

ちなみに、付き添いのギルド職員は掃討作戦には参加せず、私たちが依頼を達成するかどうかの見届け人だ。

「「はあーっ」」

私とセヴランのため息が重なる。

つまり、六人で百匹程度のゴブリンを、その上位種を含め討伐しなければならないのだ。

とはいえ、私はチート能力持ちで攻撃魔法をバンバン放てるすごい人。面倒だから一発最強魔法を打ち放ってゴブリン討伐を終わりにしたかったけど、アルベールとリュシアンが反対した。

例えば、洞窟の入り口を塞いで中を火炎魔法で蒸し焼きにするとか、真空状態にして窒息死させるとか、衝撃破を当てて破裂死させるとか、異世界あるあるの方法をアルベールたちに提示したのだが、すべて却下された。

どうやらこの世界のゴブリンも、女性を苗床にして増えるらしく、洞窟内に捕まった女性やまだ生きている人がいるかもしれないからって。

うーむ、人命第一でそう言われれば仕方ない。面倒だけど、ちまちまゴブリンを倒していくしかないよね？

「おーい、そろそろ行くぞ。諦めて腹くくれよ！」

リュシアンの無情な誘いに、私たちは二人してよっこいしょと重い腰を上げて、彼のもとに行く。

アルベールの横には、楽しそうに尻尾《しっぽ》をフリフリしているルネとリオネルが立っていた。

「作戦は決まったの？」

「おう！　洞窟内にはアルベールの爺を先頭にルネとリオネル、セヴランが入って、俺とお嬢は洞窟の入り口で逃げてきたゴブリンを討つ」

「なっ、なんで私が洞窟の中に入るチームですかっ！　わ、私も外がいいですよー」

ふさふさ耳と尻尾《しっぽ》をピーンと立てて、セヴランが悲鳴を上げた。

「いや、お前は戦闘員じゃなくて、中に人がいたときにその人らを保護して避難させてほしい。他にできそうな奴がいないだろう？」

リュシアンとセヴランが、チラリとルネとリオネルを見る。

「……ですね」

絞り出すような言葉を聞いて、ルネとリオネルはこてんと首を傾げる。うん、君たちは戦闘に夢中になって、囚われている人たちを助けて逃げることはできなさそう。

「俺とアルベールは別行動のほうがいいし」

たしかに、指示系統は分散しておかないと、初心者の私たちではいざというときの決断に迷いが出る。私はポンポンとセヴランの肩を叩き無言で労《いたわ》り、ここまで乗ってきた馬車を【無限収納】にしまった。

「えっ!!」

冒険者ギルド職員が私の収納スキルの大きさに驚いているけど、無視よ、無視。

馬たちとギルド職員は、危ないから洞窟から離れた位置で待機することになっている。

「じゃあ、行きますか」

アルベールの号令とともに、私たちは陽光降り注ぐ森の中へと入っていった。


森の中のゴブリンの巣となった洞窟が目視できる場所で、ひとまず休憩を取ることにする。小さな森だから、警戒しながらでも二時間ほど歩いただけで、洞窟の近くまで辿り着いてしまったのだ。

まだ、私は心の準備ができてないけど……

リュシアンが大剣を片手で弄びながら、私のぶすくれた顔を覗《のぞ》きこむ。

「何？」

「お嬢さ、洞窟の中って魔法で【探査】できないの？」

【探査】……ねぇ。

私のチート級の【探査】を使えば、洞窟内の生物の居場所はわかる……と思う。でも、【探査】だとゴブリンも、ゴブリンの上位種も、囚われた人も、みんな同じに見えちゃうのよね。

「せめて、救出すべき人がいるかどうかだけでも」

リュシアンが両手を合わせて、私を拝む。

救出すべき人の有無とその人のいる場所かぁ。

あ、そうだ！

「やってみるけど、失敗しても許してよ」

「りょーかい！」

私はその場から一歩前に進み出て目をゆっくり閉じ、洞窟の中に意識を集中させる。

『【鑑定・探査】！　ゴブリンは黄色、ゴブリンの上位種は赤色、それ以外で生きている人は青色、死んでいる人は黒色で示せ！』

久しぶりな日本語呪文！　唸れ、私のチート能力！

詠唱と同時に体全体からドバーッと魔力が抜けて、洞窟の中へと注ぎこまれるのが感覚として伝わってくる。そして私の頭の中には、洞窟の中の詳細が浮かび上がってくる。私は忘れないうちに、土に木の枝でガシガシと洞窟内部の地図を描き出した。

そして、ピコピコと点滅する点も描き足していく。

「ヴィー、何をやっているのですか？」

アルベールの声で私はハッと意識を取り戻した。

そして、大きな魔力を使ったことにより疲労感を覚えて、リュシアンの体に凭《もた》れるようにして、アルベールに地面に描いた地図を指さした。

「これは？」

「お嬢が描いた洞窟の中の地図だよ。この、珍妙な印はなんだろうな？」

「珍妙って何よ、失礼ね！　この星型がゴブリンの上位種、四角は囚われた人、黒い丸は死んでいる人。でもゴブリンが洞窟中にうじゃうじゃいて、それは描ききれなかったわ」

私は顔をうえーっ、と歪めて説明した。

「救出すべき人が結構いますね」

救出すべき人たちは、洞窟の最奥より少し手前にある、二手に分かれた道の片方に固まっている。

「セヴランはこの人たちを連れ出して逃げろ。出口まで来れば俺とお嬢で援護できるから」

うししっと笑うリュシアンに、セヴランは冷たい眼を向けて口を尖らせて文句を言う。

「なんで私が奥まで行かないといけないのですか……。しかもこの辺りは上位種がいっぱいいるじゃないですか……」

そうだよねぇ。

この洞窟の奥には、たぶんアラスの街の冒険者ギルドの調査員が調べた「ゴブリンジェネラル」がいると思う。でもそれ以外にもゴブリンの上位種が、いっぱいいるんだよね。

「いるとしたら、ゴブリンメイジやゴブリンナイト……。油断はできないですね」

高ランク冒険者の二人の真剣な顔に、私とセヴランは怖くて震えが止まらない。しかし、ルネとリオネルは可愛く準備体操をして、突入を今か今かとワクワクして待っている。

「……しょうがない。最終兵器を投入しようじゃないか！　リオネル、おいで」

私が呼ぶと、リオネルがトテトテと私の側まで歩いてくる。

可愛い……じゃなかった。

私はしゃがんでリオネルと視線を合わせて、まずリオネルの服に着けられた魔道具のアクセサリーを外す。シュンと白猫の耳と尻尾《しっぽ》が白虎のそれに変わる。

「？」

こてんと首を傾げて私を見つめるリオネルの純真な瞳に心が痛むわ。

「リオネル。中に強いゴブリンがいっぱいいるけど……あのさ、獣化して戦わない？」

私がそう言うと、リオネルは目をパチクリさせたあとに満面の笑みになり、そして……ボワン！と白い煙に包まれた。

「ガルルッ」

白虎で子虎なリオネル参上！

「さあ、行きますよ。セヴランもいい加減、諦めなさい」

アルベールがセヴランの襟首をしっかりと掴んで洞窟の前まで引き摺り、ルネの腕の中には、

「俺はやるぜ！」と燃えている子虎姿のリオネルが収まっている。

一斉突入の前に、私は魔法で洞窟の前にいた見張りのゴブリンをやっちまったけどな！

でも殺《や》る感触が手に残るのは嫌なので、【エアショット】でズバンズバンズババン！と、指をピストルの形にして魔法を撃ちまくって倒しました。

「アルベール、俺たちはここで逃げてきたゴブリンを倒すが、危なくなったらすぐに救難信号を出せ。無理するなよ」

「ええ。……どちらかと言えばやりすぎないか、不安ですけど」

アルベール、リオネルの暴走を危惧して苦笑しているけど、君もやりすぎるメンバーの一員だよね。

私は自分の体の状態よりも戦うほうが大事って言いそうなバトルジャンキーたちのために、バイタルサインを見逃さない魔道具を装着させた。軽傷で光が点《つ》き、重傷で点滅、重体で点滅に加えてサイレンがけたたましく鳴り響く仕組みだ。

仲間がポーション回復を怠っていたら、周りの人が力ずくでポーションを飲ませてね！　という、主にリオネルのための魔道具だけどね。

「じゃあ、ゴブリンの巣の掃討作戦、開始よ！」

私はビビリ仲間のセヴランと違って洞窟の外で待機だから、ちょーっと気持ちに余裕がある。

いってらっしゃーい、みんな！　頑張ってね、セヴラン！

アルベールを先頭に、仲間が暗い洞窟の中へ入っていくのを見送ると、私はちょっと開けた場所に土魔法で大きな穴を掘り始める。倒したゴブリンの死体をこの穴に入れて、火魔法で灰にしようとしているのだ。

通常のゴブリン討伐の場合、討伐証明として耳を切り取って冒険者ギルドに提出しないと報酬がもらえないけど、今回は内密の依頼なので耳を切り取る必要はない。

ただし、ゴブリン上位種の死体はギルドの見届け人が確認したいとのことで、魔法鞄《マジックバッグ》に詰めて持ち帰る、それ以外は手っ取り早く処理するつもりだ。

「お嬢。倒したゴブリンを集めてきたぜ」

「ありがと。この中にポーンと入れちゃって」

リュシアンは私の言葉どおり、見張りをしていたゴブリンの死体をポイポイと投げ捨てていく。

「あとはまとめて処理しよう。そろそろ、出てくるぞ」

「はーい」

リュシアンと相談して決めた作戦は、とりあえず洞窟前にリュシアンが陣取って逃げてきたゴブリンを倒しまくる。

私はやや離れたところに避難して体力を温存し、ちょっとゴブリンの数が多かったり、リュシアンが上位種の相手をしていて他に手が回せなかったりするときに魔法で応戦する……というものだ。

「安心しな。お嬢の出番なんか、ねぇから」

リュシアンの強者の笑みが、ビビリの私には眩しく感じる。

「頼りにしてる。でも体力が尽きそうになったら遠慮なく下がって。私だって……たぶんできる！」

たぶんだけど……、あんまりやりたくないけど……

「おう！　頼りにしてるぜ」

リュシアンはニカッと屈託なく笑って、私の頭を乱暴に撫でたあと、洞窟の前に立ち大剣を握って構える。私はやや後ろに下がって、いつでも【エアショット】が撃てるように、気合いを入れた！

やったるでぇーっ!!

……と思ってたけど、予想よりもゴブリンの数が多くない？

ゴブリンの巣全体で百匹程度、そのうち洞窟から逃げ出してくるのは多くても十数匹ぐらい……って予想だったよね？

最初に逃げ出してきたゴブリンから数えてもう三十匹は超えているよ。リュシアンの剣捌《さば》きは全然衰えてないし体力もまだまだあると思うけど、問題はそこじゃない。

私はたらりと背中に冷たい汗が流れるのを感じた。

リュシアンの体力や実力は特に心配していない。だって、あいつってば、楽しそうにちょっと笑いながら剣を振るってるもん。

私が心配しているのは、洞窟に入った仲間のことだ。

ここに予想を超える数のゴブリンが逃げてきたということは、巣の中には百匹では済まないほどのゴブリンがいるってことだろう。

大丈夫かな、アルベールたち。

ルネとリオネルはゴブリンごときに負ける子じゃないけど、ビビリのセヴランというお荷物がいるし、巣の中に囚われた人たちを救出したら、その人たちを庇いながら外を目指さないといけない。

私はうーんと腕を組んで考える。

実はそう深刻には考えていない。というのも、そういうことならリュシアンが洞窟の中に入って、アルベールたちを補助すれば解決することだもん。

問題は、そうなったら私一人でここを死守しなければいけない、ってこと。

【エアショット】を乱発してもいいけど、出てくるゴブリンの数がわからないと魔力配分が難しいし、イレギュラーなことが起きたら対処できるか自信がない。

……じゃあ、私が放っておいても継続作動するような、そんな魔法をスキル【創造魔法】で創ればいいんじゃない……？　それだわ、やってみましょう！

「リュシアン！　ちょっと私、今から新しい魔法を考えるから、しばらく一人で頑張って！」

「え、お嬢？　なんだって？　おいおい、余計なことすんなよっ。俺が爺さんに怒られるんだぞ？　おい、お嬢ってば。ちっ、こいつら邪魔だな！」

口うるさいリュシアンのことは無視して、私は水魔法や風魔法、木魔法や土魔法などをコネコネとこねくり回すのだった。

うー！　楽しくなってきたぁぁぁぁぁぁっ！


ゴブリン討伐が始まってから、私はずっと、ゴブリンを斬って斬って斬りまくるリュシアンの活躍を見ていた。

リュシアン愛用の剣は大剣なので、華麗に斬るというより叩き斬るが正しい。洞窟から走って出てきたゴブリンが興奮したようにリュシアンに飛びかかるが、袈裟《けさ》斬りにされたり、急所を一撃にされたりして瞬殺されていた。

問題は、ゴブリンの体液に塗《まみ》れながら剣を振るうリュシアンが……汚くて臭いことだ。

なので、私は汚れず臭わず瞬殺できるような魔法を新たに創造しました！

まず、水魔法と木魔法で触手もどきを作って、ゴブリンを一個体ずつで捕縛し、細い水または枝で急所を穿つ。ゴブリンの急所は人と同じなので、頭か胸をズビシッと穿つと絶命する、という算段。

胸にあるのは心臓ではなく魔石らしいが、ゴブリンの魔石は屑同然なので需要はないそうだ。

つまり、ゴブリンの魔石はお金にはならないので壊しても問題なし！

「リュシアン！　新しく作った魔法を試してみたいから、何体かゴブリンを譲ってちょーだい！」

戦ってハイ状態になっているリュシアンに怒鳴るように、私は叫んだ。

剣を握っていないほうの手をひらひらと振られたけど、わかってんのかな？

まぁ、いいや。やっちゃうよー！

『水よ、木よ。その手を伸ばしゴブリンを捕らえ、その額か胸に清浄なる楔を穿て！　そして私と離れたところで勝手に殺《や》りまくってちょーだい！』

おりゃっと天に掲げた両手を、ぶぉんと下に振り下ろす。

リュシアンよりやや離れた場所で、水流が地面から湧き出て、まるで細い触手が踊るようにうねうねと、水流が縦横無尽に伸びていく。

そして別の場所では、木がニョキニョキと芽を出して、あっという間に私の腕ぐらいの幹が育つ。そこから無数の細い枝がしなるように動き、洞窟から出てくるゴブリンを次々に搦《から》め捕《と》った。

「……お嬢。あれ、なんだ？」

なんだ、って魔法よ。私が創った、遠隔でゴブリンを倒す魔法よ。

水の手に搦《から》め捕《と》られたゴブリンは額や胸を、そのまま細く尖らせた水にグサーッと貫かれ苦悶の表情を作ることなく、四肢をだらんとさせる。

木の枝に体の自由を奪われたゴブリンは、高く上に掲げられたあと勢いよく振り下ろされ、地面に叩きつけられ、やっぱり細い枝に額や胸を穿たれる。

私の魔法制御も必要なく複数のゴブリンの相手ができるなんて、素晴らしいわ！

そう自画自賛していたら、パコッと頭を叩かれた。

「いったーい！」

「いったーい、じゃねぇよ。なんだ、あのふざけた魔法は？」

てへっと笑って誤魔化《ごまか》したが、リュシアンは頭痛がするとでも言いたげに、額に手を当てて天を仰ぐ。

「お嬢。これ絶対アルベールの爺に怒られるやつじゃねぇか！」

「そのときは一緒に怒られてね。それより、予想よりゴブリンの数が多かったから、アルベールたちも大変だと思うの。リュシアンも洞窟に入る？」

そう言って「私なら大丈夫よ！」と胸を張ったのに、リュシアンは嫌味ったらしく深いため息を吐いた。なんでよっ！

「お嬢を一人にできるかよ……」

「でも、セヴランとか囚われた人たちとかの安全も考えなきゃ……」

ルネとリオネルみたいなただの戦闘狂は、ただむやみに戦えればいいと思うけど、アルベールはとっても合理的な人だからね、いざとなったら囚われた人を切り捨てるぐらいするわよ？

セヴランは人命第一で助けようとするだろうけど、実力が伴わないから、最悪、囚われた人たちはどうなるのでしょう？

「わかってる！　言わなくてもわかってるよ。くそっ……いいか、俺は洞窟の奥までは行かないからな！　危なくなったら助けを呼べよ？　絶対戻ってくるから、やばくなったら【防御】を張って、俺が戻るまでじっとしてろよっ！」

「はいはい、わかりました」

面倒でおざなりにそう返事をしたら、またパコッと頭を叩かれました。地味に痛いんですけどぉ。

リュシアンは何度も私を振り向きながら、嫌々洞窟の中へ入っていった。

私は心配性なリュシアンの心の平穏を保つために、さっさと【防御】を自分の周りに展開する。

リュシアンが洞窟の中に入っていったあとも、ゴブリンの数は先ほどとあんまり変わらない。変わったところと言えば、私の魔法に捕まったゴブリンたちを殲滅《せんめつ》する音が静かな森に響くことくらいかしら。

ビッターン！　ゴブリンが地面や岩肌に勢いよく叩きつけられている。

バッターン！　細い水流やしなる枝で体を穿たれたゴブリンが倒れていく。

あちらでは水の魔法でゴブリンをズビシッ！　と一撃必殺。

こちらでは木の魔法でゴブリンを叩いて打って突いて、ご臨終。

あの、そろそろ洞窟の外に出てきたゴブリンが百匹を超えるんですけどぉ？

「このゴブリンの巣って、本当に中規模クラスなのかな？」

思いの外、討伐内容がハードだと感じ始めた私は、貰える報酬に納得がいかず、一人ゴブリンの巣の洞窟前で首を傾げていた。


ゴブリン討伐を始めてだいぶ時間経ったあたりで、セヴランとルネが、囚われた人たちとともに洞窟から出てきた。

そして、私は今、セヴランにめちゃくちゃ怒られていた。

「ヴィーさん……」

セヴランが半泣きで訴えるには、ゴブリンの巣からルネと囚われた人たちと脱出してきて、一安心していたところ、高笑いしながら水の魔法と木の魔法を駆使してゴブリンを殲滅《せんめつ》している少女の姿が視界に入り、衝撃を受けたらしい。

「なんでそんなことになっているのですかっ！」

洞窟からわらわら這い出てくるゴブリンをちゃんと漏らさず仕留めていたのに、怒られるなんて納得がいかないわ。

なんでも、うら若き女性がゴブリンを倒しながら、ひゃーははと高笑いしてはいけないらしい。そんな笑い方してないのに、と頬を膨らませてセヴランに抗議すると、そもそも笑い方の問題じゃないとまた怒られた。ちっ、口うるさい狐男が。

「それより、囚われていた人たちを助けられてよかったわ」

「……ええ」

うわーっ、なんでそんな暗い顔するのよ？

私はセヴランの暗い顔は見なかったことにして、そぉっとルネに抱っこされている赤ちゃんを覗《のぞ》きこんだ。

「なんで布をちゅぱちゅぱしてんの？」

「ミルクがないので、ポーションをタオルに含ませたのを吸わせています」

あー、ゴブリンの巣で赤ちゃんの面倒を見るのは無理だもんね。さすがの私も【無限収納】の中に赤ちゃん用のミルクは入れてないし……

「そもそもこの子は生後どれぐらいなの？」

私の問いにセヴランは頭を横に振って答えた。

「わかりません。ただ一応、身元がわかるものは回収しておきました。他にも犠牲になった方たちの遺品も回収してきました」

うーん、セヴランが暗い顔をしているのは、他に犠牲者がいたからだろう。どうやら、かなりの人が洞窟の中で息絶えていたらしい。……可哀想に。

私の気持ちに反応したのか、憎きゴブリンを地面に叩きつける音が激しくなった気がするわ。

「弔《とむら》いの方法も考えなきゃね」

とりあえず、外に出てきてお陀仏になったゴブリンはあらかじめ掘っておいた穴にまとめているけど、さすがにこれと一緒にはできない。洞窟の中の犠牲者をどうするか考えなきゃ。

「ひとまず洞窟の中のゴブリンを綺麗に掃討してから考えるか……」

ゴブリンの死体を洞窟に放っておくのもアンデッド化の危険があるのでお勧めしないと、冒険者ギルドの見届け人に釘を刺されている。

「あ、二人は赤ちゃんを連れて馬車の中で休んでなよ。今、外に馬車出すから」

私は【無限収納】から馬車の荷台をにゅっと取り出す。その中でお茶とお菓子でも食べて、ゆっくり休んでてちょーだい！

「ルネは赤ちゃんの世話できる？　沐浴とオムツ替えとか？」

「大丈夫です！　孤児院でよく赤ちゃんの面倒を見てました！」

にーっこり笑顔で答えるルネから、母性が溢《あふ》れている……気がした。

「その前に二人ともすごい格好だから、【クリーン】！」

私が呪文を唱えるとセヴランとルネとおまけに赤ちゃんは、キラキラとしたエフェクトに包まれて、ゴブリンの体液やら土埃《つちぼこり》で汚れていた体がすっきりと綺麗になる。

クンクンと二人とも自分の腕や服の匂いを嗅いで、ほーっと深く息を吐いた。

「助かりました。かなり……苦しかったので」

ですよねー！　獣人は大概、鼻が利くものね。

「じゃあ、私はそろそろゴブリンを掃除してくるわ」

「？」

洞窟から出てくるゴブリンの数もかなり減ってきたので、そろそろアルベールとリュシアンでゴブリンの親玉を倒してくる頃合いだろう。

私は両手を地面につけて、土の中に魔力を広く深く流す。作りたいもののイメージをしっかりと固めて、魔力を練り上げて……

『ゴーレムよ来たれ！　ゴブリンたちを葬り、犠牲になった乙女たちを清めよ。我の命に従え！』

ぐぐーっと眉間に皺を刻んで力み、一気に魔力を解放させた。

すると地面の表面にピシッバシッと亀裂が入り、ムクムクと土塊が盛り上がって、私の膝ぐらいの高さで人の形に変貌していく。

一体、二体と土人形は増えていき、全部で十体、頭でっかちでちんまい土人形が誕生した。

初めてゴーレムを作ったわ。後ろでセヴランとルネが呆気にとられている気配がするけど、今は振り向いちゃダメよ、ヴィー！

「ふうーっ」

生まれたてのゴーレムたちは、自分たちの手や足の動きを確認するように、わきわきと動いている。

「コホン！　さて、君たちは洞窟の中に散らばっているゴブリンの死体を外に運んで、あの穴の中に入れてちょーだい。これ魔法鞄《マジックバッグ》ね」

私は収納力がそこそこの魔法鞄《マジックバッグ》を、一体のゴーレムに渡す。

そして、ゴブリンを叩きつけて討伐していた魔法の木を一本呼び寄せて、ゴーレムと一緒に洞窟の中へ入ってもらうよう頼んだ。なんかちんまく可愛く作りすぎてゴーレムの強さにイマイチ不安が募るから、ボディーガード代わりに魔法の木を連れていってもらおう。

「そして、中に犠牲になった女性たちの遺体があったら、体を綺麗にして、こう手を組んで安らかに眠れるように整えて一ヵ所に集めてきて」

私は以前に作っていた【クリーン】と【浄化】の効力が込められた魔石を一つ渡す。

コクリと頷《うなず》いて魔石を受け取ったゴーレムは、他のゴーレムを集合させて円陣を組むと、ごにょごにょと相談をしたあと、私に一礼して洞窟の中へと一列に並んで入っていった。

「……あんな機能付けてないけどな？」

なんか、創造主の思惑から外れたものができてしまったかもしれない。

「ま、いっか」

私は、ゴブリンの死体で溢《あふ》れ始めた墓穴を広げるべく、ゴーレムたちが入っていった洞窟に背を向けて歩きだした。

◆◇◆

次から次へと湧き出るゴブリンたちに、私セヴランは、最初こそ怯え嫌気に顔を顰《しか》めて奴らを倒していたが……そろそろ感覚が麻痺してきてしまい、真顔で黙々と鞭《むち》を振るいゴブリン退治をしていた。

洞窟の最奥の一つ手前にある分かれ道で、ルネと私は囚われた人たちがいるであろう道へと足を進める。リオネルは粗方のゴブリンを、特に上位種を片付けたあと、軽い足取りでアルベールのあとを追って最奥へ消えていってしまった。

「……ルネは私と一緒にいてくださいね」

「はい」

可愛いルネの黒い艶《つや》やかな毛が、べっとりとゴブリンの体液で汚れている。哀れではあるが……この子もリオネルと同じで嬉々としてゴブリンを葬っていたっけ。

一見、今のやりとりは大人な私が子供を庇護するように聞こえるが、本当は逆で、最弱な私のフォローをするために、彼女は私と行動をともにしてくれているのだ。

どうかルネは、リオネルのように戦いに夢中になって私の側から離れませんように！

大人の見栄で決して声には出さずに、私は心の中でそう祈った。

生きたゴブリンのいない洞窟の中をそろりそろりと進んでいく。いい加減臭すぎて鼻がバカになったのか、ゴブリンの匂いは気にならなくなっている。

先導してくれているルネの周りには、アルベールが出した灯《あか》り玉が二つ浮かんでおり、湿っぽい洞窟の道を照らし私の歩行を助けてくれていた。

「……っ」

「……ひぃ」

今……奥から呻き声が聞こえた……？

いえ、私たちはゴブリンの巣に囚われた人たちを救出しに来ているのだから、人の声が聞こえるのは当たり前……でも、怖い。

先を歩くルネの背中にすっと近づいて、必死に悲鳴を噛み殺す。

なんで、こんな恐ろしい状況にルネは動揺もせずに平然としているのだろう。むしろ、助ける人を見つけた、と言わんばかりに足を早めるのをやめてください。

怖いんです、まだ心の準備ができてないです。

あ、待って！　先に行かないで！　おいていかないでーっ！

私は怯えて竦みそうになる足を頑張って動かして、ルネのあとを必死に追った。

「こ……これは……」

ゴブリンの巣となった洞窟の中、私は分かれ道の奥に救助する人の気配を見つけたが、目に映ったのは、とっさにルネの目を両手で隠すほどの惨状だった。

人族や獣人や亜人といった種族や年齢もさまざまな女性たちが、衰弱し身を寄せ合っていた。彼女たちは、悲痛な表情で顔を涙で汚し、その痩せてしまった体でお互いを抱きしめ合っている。

奥には雑に盛られた土山がいくつかある。それはもしかしたら……亡くなってしまった被害者たちのお墓代わりなのだろうか？

——ゴブリンの苗床、魔物の習性としては知っていたけれど、こんなに悲惨なのですね……

彼女たちに背中を向けるようルネを諭して、私は抱き合っている彼女たちの前までゆっくりと歩いて近づく。なんと声をかけていいものか悩んでいると、倒れ伏している人の中にもぞもぞと動く人がいた。

「あ……あの、助けにきました。安心してください、私たちは冒険者です」

こんな状態の女性に男性の私が声をかけるのはどうかと危惧したけれども、まだ子供のルネに任せるわけにはいかない。この子と外にいるまだ幼く生意気な主人は、こんな惨《むご》いことを知らなくていいのだ。

「……っ、……」

剥き出しの土の上で倒れている数人の女性の中でもぞもぞと動いているのは、黒いメイド服を着たルネと変わらないぐらいの年の少女と……白いお包みに包まれた赤子だった。

「……けて……くだ……い」

「ああ。ああ、大丈夫ですか？　水を飲みますか？　あと……その赤ちゃんは？」

もしかしてゴブリンの子供なのか？　生きているのか？

言いたかった言葉を呑みこんで、私は両膝を突いてメイド服の少女の体を支えてやり、革袋から水を少しずつ口に含ませる。

少女は水を一口、二口と飲んだあと、深く息を吐いて話し始めた。

……なぜゴブリンの巣に赤子を抱いて囚われているのかを。

少女は、メイドとして勤めるお屋敷の偉い人から家族の命を盾に脅されて、奥様の大切な坊ちゃんを屋敷から連れ出したのだと言った。指定された小屋まで移動しようとした彼女は、歩いてこの森の近くを通ったときに魔獣に襲われ、気がつくとゴブリンの巣に囚われていたそうだ。

いつゴブリンに襲われるのか、食事も水もないそんな劣悪な中で、自分のせいで罪のない赤子が害される恐怖に怯えながら、命をかけてその子を守ってきたのだ。

でも、もう何日もミルクをあげてない。そのうち赤子は泣き声も上げなくなり、目も閉じたま ま……か細い呼吸とかすかに上下する胸だけが、赤子が生きていることを彼女に教えてくれていた。

「でも……もう……。これを……これを、坊ちゃんの……おうちの……」

彼女が差し出した懐中時計を受け取る。蓋を開けると、時を刻む魔道具の蓋の裏に紋章が刻まれているのがわかった。

「たしかに受け取りました。その赤子もこちらに。外に仲間がいるから大丈夫です。助かりますよ」

ポンポンとここまで頑張ってきた彼女の頭を撫でて、少女の状態に顔が引き攣りながらも笑いかける。

「……いいえ……」

しかし彼女は力なく首を左右に振り、腕に抱いていた赤子をそっと私に渡した。

私が赤子を両手で受け取ると、彼女は安心したように笑い、ゆっくりと目を閉じた。彼女の脇腹からは、ゴブリンに捕まったときに負ったのか深い傷があり、流した血が服にこびりついていた。

一刻も早く囚われていた人たちを洞窟の外へ逃がさなければならないが、赤子を守っていた彼女をここに置いていくわけにはいかない。

「ちょっと待っていてください」

この赤子をルネに託し、自分が彼女を抱えて洞窟を出よう。そう決意し、やや離れたところにいるルネに赤子を頼もうとその場を離れようとしたとき、彼女の腕が力なくダラリと下がり、がくりと頭が傾いた。

「……っ！」

驚愕する私の目に、彼女が最後に流した涙が一筋、頬を滑り落ちていったのが映った。

私の息を呑む音が聞こえたのか、死んだように動かなかった他の女性たちがこちらを見て、ぶるぶると震えながら静かに泣き出した。

助けられなかった彼女の両手を胸の上で組ませようとすると、キラリと光るものが見える。軽く握られた手をゆっくりと広げて手の中のペンダントを抜き取り、ペンダントトップのロケットを開けてみた。

「……ご家族でしょうか」

ペンダントの中には、今より幼い彼女ともっと幼い男の子と、優しそうな両親の絵があった。

「必ず、届けます」

ぎゅっと自分の手に握りこんで、気持ちを振り切るように勢いよく立ち上がると、赤子を抱えて今度こそ後ろを振り向かずに、ルネのもとへと走った。

私はぐっと唇を噛みしめ、ルネに赤子を押し付けるように渡した。

「ルネ、ここを脱出するぞ」

常でない私の乱暴な言葉遣いに、ルネは耳も尻尾《しっぽ》もピーンと立てて、「わ、わかった」と頷《うなず》くと、腕の中の赤子を抱きしめた。

私は、怯え泣く彼女たちを連れて逃げるため行動を開始した。

◆◇◆

暗い洞窟の中に入ってすぐに、私の後ろにいるセヴランが「ひいぃぃ」と悲鳴を上げた。

どうやら、虫か何かに驚いて声を上げたみたいだ。しかし、ここは敵地だ。むやみに大きな声を上げないでほしいのだが。

私は、【ライト】と呟き、ポワッと淡く光る灯《あか》りの玉をいくつか出現させた。

「はあー……アルベール、灯《あか》りが点《つ》けられるなら早く点《つ》けてくださいよっ」

「ええ。ゴブリンが灯《あか》りに群がってきてもいいなら」

「ひいっ、消して！　今すぐ消してくださいっ」

セヴランの過剰な反応に、ククくっと私は喉の奥で笑う。

「揶揄《からか》いました？」

「いいえ。灯《あか》りぐらい大丈夫ですよ。どうせ……」

私の言葉がハッキリ聞こえなかったのか、セヴランが「え？」と聞き返してきたが、私は笑顔で彼を無視した。

——灯《あか》りに群がってこなくても、これからゴブリンの巣の中央に行くから、どっちみちゴブリンはうじゃうじゃいますよ。

どうせあとでわかることであるし、まぁ、いいか。

「アルベールさん」

クイクイと私のズボンを引っぱって声をかけてきたのは、ルネだ。

「どうしました？」

「ゴブリン……逃げるよ？」

ルネの視線を追うと、私たちが通り過ぎた分かれ道の反対側から、ゴブリンたちが出口に向かって走り出していくのが見えた。

「いいんですよ。少しは仕事がないとリュシアンが拗ねてしまいますからね」

実際、あの程度のゴブリンなど、あの男にとっては運動にもならないだろう。リュシアンがAランク冒険者に手が届くほどの実力だったのは嘘ではないらしく、腕はちゃんと立つ。

「それよりも……リオネルは？」

「あっち」

ルネが指差す前方に視線をやると、ゴブリンの呻き声が聞こえ、血の臭いと異臭が鼻腔に届いた。……とてもうるさいし臭い。

視界に入ったのは、暗い洞窟の中の仄かな灯《あか》りの下を俊敏に動く小さな影。リオネルが勝手に洞窟の中を走り回って、ゴブリンを駆逐しまくっているのだ。

「……楽しそうですね」

リオネルが暴れれば暴れるほど、横道に潜んでいたゴブリンたちは恐怖に煽られて出口へ逃げ出す。私たちは体力を温存できていいのだが、このままでは役に立たないお荷物セヴランの面倒をルネに任せることになるので、少し良心が痛む。

「リオネル！　戻ってきなさい」

私の命令に、リオネルがひと鳴きしてから不満そうにトテトテと歩いて戻ってきた。さすがにセヴランのお守りを彼女だけに任せるのは忍びないので、リオネルにも任せましょう。

……私はどうしましょうか？

私、エルフ族らしく弓と魔法は得意なのだが、剣術はそこまで達者ではない。

この洞窟にいるゴブリンの上位種はゴブリンジェネラルと報告を受けていたが……そろそろゴブリンキングに進化しそうだ。しかも魔法が使えるゴブリンメイジも数匹いるし、ゴブリンより知恵があってやや強いゴブリンナイトもいる。

とはいえ私が本気を出すまではないが、そろそろちゃんと戦うことにしよう。

それでも、数が数だからそれなりにゴブリンが外に逃げ出すと思うが、リュシアンが頑張れば問題はない。

私は魔法鞄《マジックバッグ》にしまっておいたレイピアを取り出し、前方のゴブリンへ突撃する。

次々と襲ってくるゴブリンをレイピアで斬り捨てていると、奴らの体液が服や顔、髪にかかって、とても不快だ。いちいち【クリーン】をかけている余裕がないので、そのまま戦っているが、この苛立ちも込めてゴブリンにぶつけて………ちょっと奴らの数が多すぎでは？

私の後ろでは子虎姿で暴れまくるリオネルと、蹴りと殴りで丁寧にゴブリンを葬っているルネが頑張っているが、いくら獣人でも子供の体力、そろそろ限界が近いかもしれない。

セヴランも青い顔をして、悲鳴を上げながら鞭《むち》を手にゴブリンを遠ざけている。

「セヴラン！　威嚇してないでちゃんと倒しなさい！」

「ひぃっ！　だってこいつら気持ち悪いし臭いですぅ」

深窓の令嬢じゃあるまいし。貴方《あなた》、ここまで来て、往生際が悪いですよ。

ムッとした私は、わざとゴブリンの胸を浅めに斬り、セヴランへ向けて蹴り飛ばした。

「ぎゃあああぁぁぁっ！」

これで貴方《あなた》もゴブリンの体液で汚れたのだから、もうここからどれだけ汚れようと変わらないはず。さぁ、しっかり仕事してください。

残りのゴブリンを三人に任せて、私は前に進み、やっと目的地である最奥の一つ手前の分かれ道へと辿り着いた。

この分かれ道を右に行けば囚われた人たちがいるところに通じ、真っ直ぐに行けば上位種であるゴブリンジェネラルがいる奥に行ける。ここまで来る途中にゴブリンナイトとゴブリンメイジは遭遇して倒したが、奥にもそいつらがいるようだ。

「リオネル！　強い個体がかなりいるので、その辺りのゴブリンを片付けたらこちらに来てください。ルネはセヴランと一緒に囚われた人たちの救助へ」

「ガルッ」

「はい！」

お子様二人はいいお返事ですが、セヴランからは何も返ってこない。

チラッと走りながら後ろを確認すると、腰が引けたまま闇雲に鞭《むち》を振るう彼の姿があった。

けしかけたのは私ですが、セヴラン大丈夫ですかね？

◆◇◆

お嬢の気配が辿れる距離ギリギリまで、俺は洞窟の中を進んだ。

途中、かなりの数のゴブリンを倒した。

アラスの街の冒険者ギルド職員は、一体どこを調べてこの巣を中規模ぐらいだと判断したのだろうか。討伐が終わったら、見届け人に文句を言って、報酬を上乗せしてもらおう。

俺は冒険者ギルドの調査の甘さに文句を言いながら、右に左に剣を振り回し、ときにはゴブリンの体に剣を突き刺しながら、洞窟を進む。

数の多い雑魚《ざこ》は逃がしてしまうこともあるが、ゴブリンメイジやゴブリンナイトといった上位種はここでキッチリと仕留めておく。

外にいるお嬢のところにこんな奴らを行かせてたまるかっ！

洞窟の奥に親玉がいて、アルベールとリオネルが対峙しているみたいだが……本気で戦っていないような気配がして、モヤモヤするぜ。

「なに呑気に遊んでいやがるんだ？」

ゴブリンジェネラルごときであれば、子虎姿のリオネルでも十分に倒せる範囲だと思っていたが、アルベールが一緒で手間取っているとなると、別の魔獣がいるのかもしれない。

と、そこで奥の気配感知に気を取られ、いつのまにか洞窟の中を進みすぎてしまったことに気がついた。

俺は護衛だから、お嬢の側をあまり離れるわけにはいかない。

「ちっ。戻るか……っ⁉」

そう思って振り返ろうとしたところ、突如として頭上を何かが掠《かす》っていった。

とっさに頭を引っ込めて、迎撃のため剣の柄を握り直す。

「あ、すみません」

前方を見据えていると、禍々しい鞭《むち》を手にしたセヴランがペコリと頭を下げてこちらを窺《うかが》っていた。その背中からひょっこりとルネが顔を出す。

「おー、お前ら無事だったか！　で、囚われた人たちは助けられたのか？」

「この子！」

ルネが晴れやかな顔で俺に差し出したのは、赤子だった。

布切れの端《はし》を小さな口でちゅぱちゅぱ吸っている。

「へ？　どうしたんだ、これ？」

俺は困惑した顔で、赤子を指差しセヴランに視線を向けると、彼は眉尻をへにょりと下げて、事情を俺に打ち明けてくれた。

話を聞きながら二人の後ろを見ると、歩くのがギリギリな状態の女たちが数人いる。ひとまず、囚われていた人たちを救助してきたセヴランとルネを、外で待っているお嬢と合流させよう。

俺は、お嬢の護衛を二人に任せて洞窟の奥へ進むことにした。

しばらく進むと、分かれ道を囚われた人たちがいたほうへ曲がり、セヴランが看取った少女の亡《なき》骸《がら》に手を合わせた。

「……助けが遅くなって悪かった。あとはゆっくり眠ってくれ」

奥に盛られた土塊を前に口の中で神への祈りを捧げ、元来た道を引き返す。

分かれ道まで戻ってくると、改めてゴブリンの巣の最奥の気配を探った。

この洞窟の奥は、アルベールとリオネルの気配と、ゴブリンジェネラルだと思われる強い個体の気配に満ちていた。

「アルベールたち、まだやってんのか？　そんなに強い相手なのか？」

どちらも致命傷になるようなダメージは負っていないのだろう、伝わってくる気配は生命力に溢《あふ》れ、一種の興奮状態にある。

「……ゴブリンジェネラルって、そんなに強かったか？」

過去、数多くのゴブリンの上位種や最上位種ゴブリンキングと対峙してきた俺は、この異常な状況に首を傾げたが、実際に見てみりゃわかるか、とさらに進むスピードを速める。

強者との対峙を前に気を引き締めるように、剣の柄をしっかりと握りしめながら。

◆◇◆

「こらこら、リオネル。無理しないで戻ってきなさい」

私は、ヴィーに持たされた【防御】の魔道具を使い、戦闘中にもかかわらずひと休みしていた。足元ではリオネルがじーっと私を見上げている。

コクリと水筒から紅茶を飲んで、はぁ、やれやれと肩を大きく回す。

「ガルッ？」

「なんで？　あいつ、倒さないの？」と訴えるようなリオネルのクリクリのお目々に、私は苦笑して答えた。

「無駄ですよ。魔法も物理も効かないし、あのデカブツに効くほどの威力で攻撃したら……、この洞窟が崩れそうですよねぇ」

困った困った、と呟きながら、私はリオネルの小柄な体を抱き上げて、背中を撫でてふわさらな毛並みを堪能する。

「……ガルル」

「そうなの？　困ったね」と表現するように弱々しく鳴いて、リオネルは耳も尻尾《しっぽ》も垂れさせた。

「洞窟の外まで誘導して倒すか、土魔法で閉じこめるか、氷魔法で凍らせて砕くか。でも私たちの属性魔法では無理なので、どうしましょうか」

困った様子で言いつつも、自分の頭の中では、洞窟の外に連れ出して、上級攻撃魔法でも叩きつけて倒そうと決めてはいた。

あとは、セヴランが囚われていた人たちを助け出してくれれば、こちらも移動ができるのだが……

「……まだでしょうかね？」

こしょこしょとリオネルの顎下の柔らかい毛を弄ぶ。

そこへ、バタバタとうるさい音を立てて、躾《しつけ》のなっていない狼が走りこんできた。

「おいっ！　無事か？　……って、何やってんだよ！」

私たちを心配して駆けつけてきたのに、当の本人たちが【防御】の魔道具に守られて、ぬくぬくと休んでいたら怒鳴りますよね？　ええ、その気持ちはわかります。

「打つ手がないので、一休みしていました。あははは」

「笑いごとかよ？　そんなに強いのか、あのゴブリンジェネラルは？」

リュシアンは、洞窟の奥で「うおーっ！　うおーっ！」と汚い声で唸りながら、錆びて刃毀《こぼ》れした剣をブンブン振り回して、あちこち弱い岩盤を叩いて暴れるゴブリンジェネラルを指差す。

「強いわけではないのですが……」

私は、ゴブリンジェネラルが魔法攻撃耐性と物理攻撃耐性のスキルを持つせいで、手加減したままでは倒せないことと、洞窟の岩盤が弱くて強力な攻撃ができないことを説明した。

「なるほど、面倒な状況だな。で、どうすんだよ」

リュシアンはドカッとその場で胡坐《あぐら》をかいて、リオネルを私の膝から取り上げてしまう。

「ギャウ」

リュシアンに乱暴な手つきでガシガシと撫でられて、リオネルは不服の意を示す。

私はセヴランたちが無事に洞窟の外に出たら、ゴブリンジェネラルを外に誘導して倒すつもりだと告げた。

「ふむ。でも外にはお嬢もいるしな……」

目を瞑《つぶ》ってお嬢様の安全を心配するリュシアンを見て、私は内心驚いていた。

貴方《あなた》、ヴィーのことを案じるほど大事に思っていたんですね。

「ふふふ」

「何笑ってんだよ、爺」

「いいえ」

私は、リュシアンが照れ隠しや甘えで、エルフ族で長命な私のことを「爺」呼ばわりするのも可愛いと思っている。言わないけれど。

「そうだ……リュシアン。貴方《あなた》、氷魔法が使えましたよね？」

「うえっ？　おお……。一応な」

私は思わず、にまぁと笑みを浮かべる。そしてリュシアンにある企みを持ちかけた。

私たちの会話に興味がないリオネルが、くわぁと大きく欠伸《あくび》をする。ちゃんと暴れさせてあげますから、もう少しいい子で待っていてくださいね。

「まず、貴方《あなた》が氷魔法であのデカブツの体を凍らせてください」

「で？」

「ほどよく凍ったら、急所を私の弓で射って、四肢はリオネルの鋭い爪で粉砕してもらいます」

「えげつないな……」

凍らせたものを砕けば、元には戻らない……つまり死だ。強力な魔法や物理攻撃をすると洞窟内が崩れて生き埋めになる可能性がある以上、その作戦がいいだろう。

「ちっ。俺はあんまり魔法攻撃が得意じゃねぇんだ。術を発動させるまでに時間がかかるぞ」

「ええ。時間稼ぎなら、任せてください」

笑みを浮かべる私に、リュシアンはリオネルの脇を持ってこちらへ差し出した。

やめてあげてください、びろーんってリオネルの体が伸びていますよ。

「では、さっさとボス戦を終わらせましょう」

私がそう合図をすると、リュシアンはゴブリンジェネラルの前に進み出て、両手を翳《かざ》す。ゆっくりと目を瞑《つぶ》り、魔法を行使するためか深呼吸を始める。

「ガルルッ」

リオネルが立ったまま動かないリュシアンの背後から奴に飛びかかる。

私はさらにリュシアンの後ろから風魔法で攻撃し、奴の気を逸らして時間を稼ぐ。

「……【アイスウォール】！　【アイスランス】！」

少しして、無事にリュシアンはゴブリンジェネラルの周りを氷の壁で囲み、その中を氷の槍で埋め尽くすことに成功した。

氷の槍を生み出しながら、氷の壁を何層にも作り出す。彼はゴブリンジェネラルを一撃で倒せるほどの氷魔法こそ駆使できないが、囲んだ氷の壁と貫く氷の槍のおかげで、ゴブリンジェネラルの体が芯から凍っていく。

「……っぐぅ」

行使した魔法に対する魔力量に問題はないが、慣れない魔力操作でリュシアンの顔が歪む。

「リュシアン！　もういいですよ」

「ガルッ」

私はゴブリンジェネラルの額と胸に魔法で強化した矢を放つ。同時に、機嫌よく唸ったリオネルが縦横無尽に飛びかかり氷の槍ごと四肢を切り刻んだ。

ゴブリンジェネラルは呻き声も上げられずに、砕けた氷の礫《つぶて》とともにキラキラと輝きながら倒れていく。

「……ふぅ」

これで、ゴブリンの巣の掃討作戦は終了ですね。

◆◇◆

私、今回は結構頑張ったと思うんだけど……、なんでこんな目に遭《あ》っているの？

「痛い、いたいいたい、いったーい！」

「お嬢！　な・ん・で、大人しくしてられないんだっ！　けったいな形の水魔法と木の魔物もどきでもアウトなのに、なんだっ、あのゴーレムは！」

リュシアンが、力いっぱい握った両拳を私の左右のこめかみに当ててグリグリと抉ってくる。もうっ、涙が出てくるほど痛いよーっ。

リュシアンの隣でうんうんと頷《うなず》いてないで、セヴランも止めてよ！

アルベールは、いつまでも笑ってんじゃないわよっ！


話は少し前に遡る。

やっとゴブリンジェネラルを倒して、洞窟から出てきたリュシアンたちが見たものは、ヘンテコな木の魔物もどきと協力して、ゴブリンの死体を回収している小さなゴーレムたち。

そして、洞窟内で弔《とむら》いを終えて戻ってきて、囚われていた女性たちの介抱をし、丁寧にお世話をしているゴーレムたち。

しかも、ゴーレム同士で謎のネットワークが構築されているのか、妙にチームワークがよい。

その統制のとれた動きに、リュシアンとアルベールの口はしばらくパッカーンと開いたままになったという。

リュシアンはすぐに私の仕業と見抜いて、一体のゴーレムを鷲掴みにすると、呑気に鼻歌を唄いながらゴブリンの墓穴を土魔法で広げている私にズズイッとゴーレムを突き出した。

「何？」

「何？　じゃねえよっ。なんだ、この奇妙奇天烈《きてれつ》なゴーレムは？　なんかこいつら自我があるっぽいぞ？」

リュシアンに問われて、私はマジマジとゴーレムを凝視《ぎょうし》する。そのゴーレムは照れたように両手で真ん丸な顔を押さえて、フルフルと頭を横に振った。

「……あるね、自我が」

それもめちゃくちゃ個性的な……

おかしいな？　ただゴブリンを回収してくるという簡単な作業しか命令してないけどな？

「ま、いいじゃん。ちゃんと働いてくれたでしょ？」

「ああ。変な木の魔物もどきと一緒に、あちこちのゴブリンを魔法鞄《マジックバッグ》に入れて回収しまくって、お嬢が掘った穴の中に入れていたぜ」

「そう、よかった」

嬉しくてニマーッと笑ったら、リュシアンも呆れたように鼻を鳴らしながらも、口を歪めて笑ってくれた。……ここまではよかったんだけど。

「じゃあ、あの洞窟残しておくとまたゴブリンの巣ができちゃうから、君たちはゴブリンジェネラルがいた奥の広場を潰してきてくれる？」

「おいっ、お嬢」

「あ、あと洞窟の入り口は塞いじゃうから、その前に手向《たむ》けのお花を植えたいの。花の種を見つけてきてよ。なるべくなら白い花がいいわ」

私の要求にうんうんと頷《うなず》いて、ゴーレムくんはビシッと敬礼ポーズを決める。

そのあと、やや上目遣いにもじもじするので、「どうしたの？」と聞いたら、魔力が欲しいとの思念が伝わってきた。

「いいよー」

そーれーっと、自分の魔力を惜しみなくゴーレムくんの上から降り注ぐ。

ゴーレムくんはぴょんと嬉しそうにジャンプしてから、クルリと洞窟に体を向け、バッビューンと勢いよく走り出していった。

「いやぁ、あの子たち働き者だなぁ……」

「おいおいおいっ、お嬢」

材料は、ただのそこらへんの土なのにね！

そして、このあとすぐにリュシアンにお仕置きされたのだ。曰《いわ》く、勝手に魔力譲渡をしてはならないらしいとか。特に自我を持った魔道具やゴーレムなどには……

「そもそも自我を持つほどのゴーレムは創れないからなっ！　あんなのを創ったのがバレたら、お前怪しい魔法研究所に連れ去られるからなっ！」

はい、すみません。もうちょっと、自重します。

そのあと、集めた雑魚《ざこ》ゴブリンの死体をアルベールとセヴランで始末してくれて、リュシアンは犠牲になった人たちが眠る洞窟の部屋全体に、遺体が傷まないように氷魔法をかけてくれた。あとで、遺族の人がちゃんと埋葬できるように保護したんだって。

私はゴーレムが見つけてきてくれた花の種を洞窟の周りに蒔いて、木魔法の【グロウアップ】をかける。種を蒔いた土から芽が出てスルスルと茎が伸びる。葉が増えてポンポンと白い花弁の可愛い花が次々と咲き、一面が白い花で埋められていった。

洞窟の入り口は私の土魔法で塞ぎ、封印魔法を施すことにした。

土魔法で鍵を創り、塞いだ扉にカチャンと封印の鍵をかければ、この鍵を持たないとこの封印を解くことができなくなった。

私がこの場所に再び来ることはないだろうから、私以外の人が封印を解く方法を作ったってわけ。

「……うん？」

諸々が終わってうーんと伸びをしていると、十体のゴーレムが私の前に一列に並んで、ペコリと頭を下げる。

「どうしたの？」

しかしゴーレムたちは私の質問に答えない。その代わりに、その内の一体が塞いだ扉の前まで歩き、その扉に溶けこむように土に戻っていった。おかげで、洞窟を封印した扉にゴーレムの模様ができました。

「え……あの子、どうしたの？」

他のゴーレムに答えを求めると、ゴーレムたちは次々と、風に舞うようにふさぁと一瞬で土に戻っていく。

「あ、あぁぁ」

私、土に戻っていいって許可出してないよね？　そりゃもう頼みたい仕事はないけど……

「とことん不思議な物体を創ってしまったなぁ……。ふふふ。君はここの守り役を頼んだよ」

私は扉のゴーレムに手を振って、皆のところへ走って戻った。

馬車まで戻り、アルベールたちに声をかけようとして、周りに漂う酷い匂いに気づく。

……臭い。

キョロキョロと辺りを見回して、ピタリと目を留めたのはゴブリンの死体を処理している墓穴だ。

「あれか……」

私はトコトコとそちらに足を向けて、自分で深く掘った穴をそろりと覗《のぞ》きこんだ。

「おい、お嬢。危ないぞ」

「……あんまり燃えてないね」

私が掘った穴の中で炎は盛んに燃えているのだが、折り重なったゴブリンの死体はほぼ残っている状態だ。【精神苦痛耐性】がなければ、こんな墓穴を見ようとも思わなかっただろうな……。

チートばんざーいっ！

「ああ。数も多いしな。燃え尽くすのに一昼夜はかかるぞ」

「一昼夜も!?　……それは大変だわ」

もしかして、この死体処理が終わらないと、ここから離れられないとか言わないよね？

火の始末はちゃんとしないと危ないけど、私たちがずっとここで火の見張り番をするの？

そう尋ねると、リュシアンは私の問いに当たり前だろうって顔をして頷《うなず》いた。

「えーっ！」

こんな森の中で、ゴブリンの死体と異臭に囲まれて夜を過ごすのは、絶対にイヤ！

私は、ゴブリンの処理速度を速めるために、アルベールたちが放った火魔法の温度を上げることにした。

「【ファイア】」

魔力を籠めまくった火玉を穴に展開させ、温度を一気に上げると炎の色が鮮やかな赤から青白く変わっていく。

「よしっ」

「……お嬢……」

リュシアンが愕然としているが無視をして、私は腕で額の汗を拭うと、アルベールたちのもとへ戻る。

ゴブリンを燃やしている間に、犠牲になった人たちへ、みんなでお祈りをしましょう。

私たちは洞窟の入り口だった山壁に一列に並んで、彼女たちの死を悼む。この世界での祈りは、膝を突いて右手を胸に当てるスタイルが一般的らしいが、私は両手を合わせて「なーむー」です。

「えっ？」みたいな反応をされたけど、要は気持ちが籠もっているのが大事だから、いいの！

——どうか、安らかに眠ってください。

さあ、帰る前にちょっとだけ休もう。

私は、セヴランとルネ以外のメンバーにも【クリーン】をかけてあげる。

リオネルの白い獣毛がふわふわサラサラになりました。

【無限収納】にしまっておいた軽食とお茶を出して一息つきたいけど、ここにはセヴランたちが保護してきた人たちもいるのよね。こちとら幼女に被害者のフォローは荷が重いから、高みの見物をしている冒険者ギルド職員を巻きこもう。

ルネが腕に赤ちゃんを抱っこして、衰弱している人たちに声をかけているのを確認して、私はリュシアンにギルド職員を連れてくるように頼んだ。

そしてリオネルを抱いたまま、私はすぐ近くに転がっていた大きな岩に座った。

「ふーっ。疲れた」

本当に、こんなハードな仕事だなんて聞いてないわよ！

物理的にも大変だったけど、精神的にもいろいろと苦痛を負ったわ。

「アルベール。ギルドの人に報酬の上乗せを交渉してよ」

近くに立っていたアルベールにそう言うと、彼はひょいと片眉を上げて「ふむ」と思案顔で黙りこんだ。

ゴブリン討伐の報酬は現金なしだったけど、やっぱり現金が欲しい。地獄の沙汰も金次第だぜっ。

「あ、そうだ。リオネルを元に戻さないとね」

「ガルッ？」

不思議そうな顔をしないで、人型に戻りなさい！　そっちの姿のほうが楽なのはわかるけど、いきなり子虎がメンバーに加わっていたらギルドの人がびっくりするでしょっ！

ぐにぐにと頬を強めに揉み揉みしていたら、「ギャオウ」と不満げに鳴いて、ポンッとリオネルは人型に戻った。

あ、ゴブリンの被害者の皆さんにリオネルの獣姿がバッチリ目撃されている。

……ふ、ふふふ、だ、大丈夫よ。九死に一生を得た状態だからリオネルの子虎姿は記憶に残らないわ……たぶん。

「ヴィーさん。リオネルの子虎姿も問題ですけど、この人たちのことはどうしますか？」

セヴランが、ルネの周りにいる女性たちに視線を送り、私の答えを待つ。

「アラスの冒険者ギルドに対応してもらおうか。犠牲者の遺品もギルドに託すし。私たちの仕事はゴブリンの巣の掃討だけだもん、アフターフォローはアラスの冒険者ギルドの仕事だわ」

「それもそうですね」

久しぶりに赤ちゃんのお世話をするルネはちょっと嬉しそうだけど、すぐ隣にお姉ちゃんを赤ちゃんに取られてぷくぅと頬を膨らませた弟がいますし。

意外とリュシアンも赤ちゃんの世話に馴れていたけど、理由はルネと同じく孤児院出身だから。アルベールに至っては「ヴィーの小さい頃を思い出します」とか、人の覚えていない歴史を語りだした。

今だけならいいけど、ずっとお世話はできないから、アラスの冒険者ギルドに任せましょうよ。

そうしているうちに、あっという間にゴブリンの死体の山も燃え尽きたので、穴をしっかりと埋める。

リュシアンに連れられてきた冒険者ギルド職員に確認してもらったら、あとは森を出るだけ。

ちゃんと被害者の人たちを運べるように魔法でちゃちゃっと荷車を作り、私たちはアラスの街へと帰路についたのだった。

ギルド職員が目を真ん丸にして驚いていたけど、早く帰ってご飯食べて眠りたかったので、スルーです。

◆◇◆

結果、ゴブリンの巣の掃討の報酬、少し上乗せしてもらえました！

もともと請求していた馬と、「解毒ポーション」など数種のポーション類と、野営用テントなどの冒険者の必需品に追加して、現金を少し上乗せして支払ってもらえたのだ。

ただ馬に、一癖あった。

「なんでこんな性格の悪い魔獣馬……」

二頭譲ってもらえたけど……性格に難ありの問題児です。

「元気を出してください。ヴィー様」

がっくりしている私を慰めてくれる天使なルネに、私は淑女としてはあるまじき形相で叫んだ。

「なんで、こんなことになってるのよーっ！」

でも、ちょっとやさぐれた気分になるのはしょうがなくない？

少し時を巻き戻して、ゴブリンの巣の掃討をやり遂げた私たちは、アラスの冒険者ギルドで、早速報酬増量の交渉に入りました。ルネとリオネル、セヴランには被害者たちの介抱と付き添いをお願いしておいたわ。

冒険者ギルド側の交渉人は、私たちのゴブリン討伐を見届けた男の人で、この人は細身の優男《やさおとこ》風だったけど、中身はアルベールと同類だった。腹黒っつーか、顔と考えていることが一致しないというか。

今まで会ったそのタイプの人は、エルフのアルベールと、リシュリュー辺境伯のとこのレイモン氏と、辺境伯の長男でなぜか獣人だったベルナール様の三人よ。

そして今回新たに追加された、アラスの冒険者ギルドから派遣された見届け人。全員お腹真っ黒の人だよ。

目の前でリュシアンが魔法鞄《マジックバッグ》から予想を超える数のゴブリン上位種の死体や、貴重な上位種の魔石をこれでもか、と出して積み上げる。さらにはアルベールが、どんなにゴブリンの巣の掃討が大変だったかを話すと、その人は、わざとらしく殊勝な顔をして言った。

「少々ギルドからの報酬が割に合わない仕事だったみたいですね。すみません。貴方《あなた》がたに依頼ができて本当に助かりました。ありがとうございます」

そこで、すかさず報酬について上乗せの交渉に入り……結果、負けた。

「これが、試合に勝って勝負に負けた状態なのね……くぅっ！」

私は強く拳を握って、唇を噛んだ。

だって、ギルドの人は清々《すがすが》しい笑顔ですんなりと報酬の変更を呑んだのよ！

絶対に最初から、こっちが報酬を増量することを予測して、元の報酬を低く設定していたんだわ！

まんまと嵌められた！

「ヴィー。しょうがないです。あいつはここのサブマスターですから。ヴァネッサがあんな感じですので、交渉事や裏仕事はあいつが請け負っています。いいじゃないですか、馬は二頭も手に入りましたから」

アルベールはホクホク顔で言うけど、その手に乗っている金貨入りの皮袋で機嫌がいいだけでしょ。

「いや、お嬢。この馬はなかなかいいぞ」

リュシアンが、黒い馬の体を撫でながら馬の良し悪しを教えてくれるけど、そんなのいいのよ。

「だって、その馬、従魔契約が解除されているし。もう一頭はその黒いのが怖くて怯えているだけだし……こんなのどうやって飼い慣らすの？」

【鑑定】で視てみると、はっきりわかるの……この馬たちが主人を持たない野良馬だって。

私がそう言うと、どうやら従魔の魔道具で従順になっている状態だと思っていたリュシアンたちは、「えっ？」と目を瞠《みは》った。アルベールだけは素知らぬ振りをしているけど。

そもそも魔獣馬は、テイムした状態で魔道具で抑えこまないと、主人以外に従うことはないのよ。

つまりこの二頭の馬は、私たちでテイムして魔道具で抑えて主従の関係を築かないと、とっても危ないのよっ！

私は改めて、この場に残された二頭の馬を【鑑定】する。

まずはここまで馬車を引いてきた赤毛の馬から。

種族　バトルホース
状態　萎縮・怯え
【スキル】
身体強化・速度上昇・状態異常耐性・毒耐性

なんかもっと鍛えたら魔法とか覚えそうなポテンシャルは秘めているけど、ちょっと状態のよい馬と変わらないステータスだわ。萎縮と怯えの状態なのは、私たちに怯えているんじゃなくて、もう一頭の馬に怯えてんのよね。

種族　バイコーン
状態　服従
【スキル】

身体強化・速度上昇・各種耐性・殺戮舞踏《さつりくぶとう》

【魔法】

雷・風

……………殺戮舞踏《さつりくぶとう》って、何？

こいつが踊ると敵が死ぬの？　それとも戦闘スタイルが踊っているように見えるの？

どっちにしても物騒だわ！

「やっぱり、テイマーからのテイムは外されているわ。この馬たちは誰かがテイムしないと、逃げられちゃうわ」

そういえば、ここまでの道中も、ギルドの人の指示を無視したり、どうでもいい雑魚《ざこ》魔獣を蹴り倒したりして全然、言うことを聞かなかったわね。

「誰もテイマースキルを持っていないのに、この魔獣馬大丈夫ですか？」

セヴランが怖々とリュシアンの背に隠れて二頭の馬を見ている。

「お嬢、テイマースキル持ってないのか？」

「持ってない。私がなんでも持ってると思うなよっ」

チート能力万歳の八歳の超美少女でも、テイマースキルはないのだ。

「いらないですよ、テイマースキル」

対処法をどうにか模索していると、アルベールが金貨の愉悦から、ようやく現実に戻ってきてくれた。

「その馬は服従状態なのでしょう？　たぶん、神狼族《しんろうぞく》のリュシアンと白虎族のリオネルに種族的に服従しているのでしょう。強い者は強い者がわかりますからね」

なかなかに生存本能も強いようで何よりです、と付け加えるアルベールに、私はこてんと首を傾げて尋ねる。

「それってリュシアンとリオネルが強いから、逆らわないよ？　ってこと」

アルベールはニッコリ笑って頷《うなず》いた。

ふむ、同じく希少価値が高い種族であるセヴランに服従していない理由は、あえて聞かないでおこう。

「じゃあ、リュシアンとリオネルで面倒見てよ」

「必然的にそうなりますよ。そのバイコーンはリュシアンとリオネルしか背に乗せないでしょうし」

え、それは困る。

「馬車を走らせるセヴランとアルベールの命令も聞いてもらわないと困るし、私とルネが近づけないのはいざとなったときに困るわ」

ちなみに、涙目のセヴランにバトルホースとバイコーンに近づいてもらったが、二頭とも歯を剥き出しにして威嚇してきた。カッカッと地面に叩きつける蹄《ひづめ》の音を聞いて、セヴランが「ひぃーっ」と情けない声を上げる。

「簡単です。リュシアンとリオネルが徹底的に二頭を服従状態にして、命令に従うように躾《しつけ》ければいいのです」

アルベールがニヤーッと意地悪な顔で笑う。

リュシアンは魔獣馬の調教に協力的だったが、リオネルの顔に面倒くさいと書いてあったので「ルネが怪我するかも」と脅したら、ふんすふんすと鼻息荒く馬に向かっていった。


ゴブリン討伐報酬の交渉が終わったころ、ゴブリンの犠牲になった人たちの遺品を、アラスの冒険者ギルドのサブマスに渡した。

「かなり犠牲者が出たみたいですね。痛ましいことです。それと……あの赤子ですが、この身元を証明する懐中時計に刻まれた紋章から、ゴダール男爵の家の者とわかりました」

ゴダール男爵って、跡継ぎ問題で揉めていて周辺との接触を断っている貴族だよね？　しかもセヴランは、その赤ちゃんを連れていた少女から、「偉い人から脅されて、屋敷から連れ出した」って聞いていた。

赤ちゃん以外の被害者もアラスの街の住民だったり、隣の村や街の人や旅人、行商人、冒険者とさまざまだ。みんな冒険者ギルドまで無事に来られたが、力なく床にペタリと座りこんで、ギルド職員や教会から来たシスターたちにお世話をされている。

「あの人たちはギルドが面倒を？」

アルベールが尋ねると、サブマスは困り顔で首を横に振る。

「いえ、こちらの遺品を遺族に渡す仕事は請け負いますが、被害者は教会や領主様にお願いしますよ」

私はルネの腕の中でスヤスヤと眠る赤ちゃんと、ハラハラと涙を流すことしかできない被害者たちを複雑な気持ちで眺める。

被害者の女性たちは年齢も種族もさまざまで、その人たちを労《いたわ》ろうとする人たちもまた、種族がさまざまで……私は何とも言えない胸のざわめきを感じた。

「冒険者ギルドは立ち入れない問題か……」

リュシアンが私の肩に優しく手を置き、悔しそうに呟く。

傷ついた人たちを保護してあげたくても、ここから先は冒険者ギルド以外の組織に任せるしかないのだ。

人族の女の子が土で汚れた顔のまま泣いていたら、犬獣人のギルド職員さんがタオルで顔を拭きお水を飲ませていた。エルフ族の子がブルブルと体を震わせていたら、ドワーフ族のお婆さんシスターがギュッと抱きしめてあげる。

十人にも満たない被害者たちに十人以上の人たちが助けに動いている。それをただ見ているだけの私の服をクイクイッと引っ張る手が……

「ルネ？」

遠慮がちに私の服の裾をちょこんと掴んで、やや潤んだ瞳でじっと見つめる猫耳美少女がいた。

「……ヴィー様。あの子……お母さんのところに帰してあげたい、です」

ズッキューン!!

何この破壊力！

「お母さん……待っていると思います」

「……ヴィー。こいつ、もどす」

あれ、なんでリオネルまでルネに加勢しだしたの？

はっはーん。さてはリオネルってば、赤ちゃんがいるとルネが赤ちゃんにかかりっきりで面白くないから、早く親のもとへ返したいんだな？

「そうね。そうだね。みんな、おうちに戻れるといいね」

ここで何をしているのだろう。王家に生まれたくせに、逃げ出したみそっかす王女の私は。

責任ある立場で、亜人差別に苦しむ民を見捨てて逃げ出した私は、ずっと心のどこかで罪悪感を抱いていた。

ううん、今までは逃げるのに必死で、気づかない振りをしていたんだ。

被害者たちを助けようと動く人たちの無私の行動を見て、私は自覚してしまった。

……トゥーロン王国もこうだったらよかったのに、と望む自分の気持ちを。

人族も獣人もエルフもドワーフも関係なく、手を取りお互いを労《いたわ》り、優しい気持ちで関わり合い、仲良く過ごせればよかったのに。

泣いていた兎獣人の女性が、自分の手を握る人族の女性に囁くような声でお礼を言う。

エルフ族のシスターが、まだ幼い人族の子に治癒魔法をかけてあげる。

優しい世界……いいや、これが当たり前のはずだ。

「みんな……おうちに帰れるといいね」

涙が滲む目を細めて、私は長い間その場を離れることができなかった。

◆◇◆

無事にトゥーロン王国から脱出できた私たちは、問題はあるけど二頭の魔獣馬を手に入れたし、ハードな仕事だったけど冒険者としての報酬も得ることができた。

「で、これからどうすんだよ、お嬢?」

私たちは馬車の中でご飯を食べていて、リュシアンは手に骨付き肉を持ち、齧りついている。

「もう、討伐系の依頼はいやですぅぅぅぅっ」

泣き真似するセヴランは無視して、私はシチューで汚れているリオネルの口を拭いてやる。

「……赤ちゃん」

ルネはスプーンを口に入れて、切なく呟く。

「ヴィー、このパーティーのリーダーは貴方《あなた》ですよ」

アルベールが赤ワインを優雅に嗜み、面倒な責務を押しつけてくる。

「そうねぇ……。とにかく冒険者稼業は続けるわ。そして、私たちが幸せに暮らせる安住の地を探しましょう」

私は馬車の窓から外を見た。外はもうすっかり夜が更けて、星空が見える。

夜空に流れ星が見え、私は心の中で祈った。

できることならば、誰と争うこともなく隔たることもない優しい世界になるように、と。

新＊感＊覚ファンタジー！

Regina レジーナブックス

Regina レジーナブックス

もう昔の私じゃ
ありません！

離縁された妻ですが、旦那様は本当の力を知らなかったようですね？

魔道具師として自立を目指します！

椿《つばき》 蛍《ほたる》
イラスト：RIZ3

結婚式当日に夫の浮気を知った上、何者かの罠により氷漬けにされた悲劇の公爵令嬢サーラ。十年後に彼女が救い出された時、夫だったはずの王子は早々にサーラを捨て、新たな妃を迎えていた。居場所もお金もなにもない――だが実は、サーラの中には転生した日本人の魂が目覚めていたのだ！　前世の知識をフル活用して魔道具師となることに決めたサーラは王宮を出て、自由に生きることにして……⁉

詳しくは公式サイトにてご確認ください。

https://regina.alphapolis.co.jp/

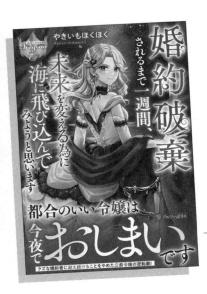

この作品に対する皆様のご意見・ご感想をお待ちしております。

おハガキ・お手紙は以下の宛先にお送りください。

【宛先】

〒150-6019 東京都渋谷区恵比寿 4-20-3 恵比寿ｶﾞｰﾃﾞﾝﾌﾟﾚｲｽﾀﾜｰ 19F
（株）アルファポリス　書籍感想係

メールフォームでのご意見・ご感想は右のＱＲコードから、
あるいは以下のワードで検索をかけてください。

アルファポリス　書籍の感想　検索

ご感想はこちらから

本書は、「アルファポリス」（https://www.alphapolis.co.jp/）に掲載されていたものを、
改稿のうえ書籍化したものです。

みそっかすちびっ子《こ》転生王女《てんせいおうじょ》は死《し》にたくない！２
沢野りお（さわの りお）

2024年 12月 5日初版発行

編集ー山田伊亮・大木 瞳
編集長ー倉持真理
発行者ー梶本雄介
発行所ー株式会社アルファポリス
〒150-6019 東京都渋谷区恵比寿4-20-3 恵比寿ｶﾞｰﾃﾞﾝﾌﾟﾚｲｽﾀﾜｰ19F
TEL 03-6277-1601（営業） 03-6277-1602（編集）
URL https://www.alphapolis.co.jp/
発売元ー株式会社星雲社（共同出版社・流通責任出版社）
〒112-0005 東京都文京区水道1-3-30
TEL 03-3868-3275
装丁・本文イラストーriritto
装丁デザインーAFTERGLOW
（レーベルフォーマットデザインーansyyqdesign）
印刷ー中央精版印刷株式会社

価格はカバーに表示されてあります。

落丁乱丁の場合はアルファポリスまでご連絡ください。

送料は小社負担でお取り替えします。


ISBN978-4-434-34880-8 C0093